남편이
미워서
글을 쓰기
시작했다

조금 더 행복해지기 위한

어느 부부의 특별한 실험

박햇님 지음

남편이
미워서
글을 쓰기
시작했다

앤의
서재

너무 화가 치밀어
글을 쓰기로
했다

작은 극장에서 혼자 영화 보는 걸 좋아한다.

카페에서 따뜻한 카푸치노를 마시며 책을 읽거나, 혼자 앉아 노트북으로 일을 하는 시간이 소중하다.

혼자 걷고, 혼자 밥을 먹고, 혼자 여행을 하고…….

이제는 다 옛날 얘기가 되어버린 내 취미생활과 과거의 시간들이 가끔 아련히 떠올라 눈물이 나려 한다.

결혼 7년 차인 나는 고집이 세져 자주 호통을 치는 두 돌이 조금 지난 아이와 뇌 구조가 궁금한 남편과 살고 있다. 나와는 전혀 다른 남자에게 반한 업보로 팔자에도 없는 모험을 벌써 몇 차례 했다. 잘 다니던 직장을 그만두고 반년 동안 지구 이곳저곳을 구경했고, 가진 재산을 탈탈 털어 일본 유학생활을 하다가 돈이 다 떨어져서 작년 가을에 한국으로 돌아왔다. 그 외에도 여러 가지 에피소드가 있지만, 이야기는 차차 풀어가려고 한다.

나로 말할 것 같으면 그저 평범하게, 좋아하는 일을 하면서 아주 천천히, 고요하게 여생을 살고 싶었던 사람이다. 다소 냉소적인 구석은 있지만, 남의 말에(특히 남편 말에) 종종 휘둘리며, 한 번 시작한 일은 소란스럽지 않게 끝까지 버텨보려고 노력한다. 이런 내 생각에 언제나 "왜?"라는 질문을 던지는 남편 앞에서 나는 가끔 할 말을 잃는다.

반대로 남편은 열정적이라면 열정적이고, 과감하다고 하면 과감하지만, 나와 달리 한 가지를 오랫동안 꾸준히 하는 일에는 영 소질이 없어 보인다. 물론 본인은 반론하고 싶을지도 모르겠다.

한 예로 남편은 지금까지 여러 번 직업이 바뀌었다. 인도네시아, 중국, 미국, 한국, 일본 등에서 일한 경험이 있지만, 분야와 직업은 일정하지 않았다. 세계화라는 말에 아주 잘 어울리는 사람일지는 모르겠으나, 함께 사는 내 입장에서는 한 가지 깨달음만 있을 뿐이다. 우리 집은 '안정'

과 관계없이 살겠구나.

울적한 마음이 들 때마다 나는 '혼자였던 나'를 떠올린다. 뭔가를 결정하고 어딘가에 몰두할 수 있었던 나만의 시간이 사치가 되어버린 요즘, 갑자기 그런 생각이 들었다. 이혼할 게 아니라면 상대를 보며 낙담하는 바보짓은 그만둬야겠다. 차라리 저 사람을 탐구해보자. 자세히 보다 보면 수긍할 수 있는 부분도 있겠지.

본인의 허락 하에 나는 남편에 대한 보고서를 작성해보기로 했다. 지나간 어느 날을 소환해 우리의 다름을 설명할 날도 있을 것이고, 현재의 시점에서 괴짜 남편을 중계할 날도 있을 것이다. 우리의 앞날이 어찌 될지 글을 읽는 분들도 함께 상상해보시길.

이 글의 목적은 가장 먼저 내 마음 치료에 있다. 속에 담아둔 말이 내 마음과 몸을 잠식해 어딘가에 이상을 가져오기 전에 나 자신을 지켜야겠기에 조금씩 심호흡을 하려 한다. 그리고 가능하다면 남편의 아내이자 이름 석 자를 가진 한 여자로서, 내 삶의 구체적인 행복을 그리며 다시금 마음 정비를 했으면 좋겠다.

박햇님

3. 우리에게 잘 맞는 방식,
그게 정답이다

가장의 밥벌이는
언제나 위태롭다

내가 남편에 대해
쓰는 이유

지하철을 기다리다가 마주친 첫눈에 반한 남자가 아는 오빠가 되고, 내 오빠가 되기까지 2년이 채 걸리지 않았다. 식장에 들어가기 전에 혼인신고부터 했으니 실제 서로에 대해 알아간 시간은 딱 1년이다. 이제 결혼 7주년을 바라보고 있는 우리 옆에는 두 돌이 조금 지난 아들이 있다.

결혼 이전의 나와 이후의 나는 분명 차이가 있다. 그 변화의 서사 안에서, 나는 자주 왔다 갔다 한다. 남편을 만나기 이전의 나는 뭐든 스스로 선택하고 그걸 밀고 나갈 힘이 있는 독립적인 한 주체였다. 그러나 지금은 뭐 하나를 결정하더라도 남편과 아이를 한 번 이상은 떠올린다. 과거와 현재를 오가며 가끔 혼자였던 나를 그리워하다가도 '아니지, 지금은 그래도 든든한 내 울타리가 있는데.' 하며 고개를 가로젓는다. 그럼에도 서로의 다름에 세차게 부딪혀 뾰로통해진 날은 어쩔 수 없이 현실 만족도가 떨어지기는 한다.

나는 성실한 편이긴 했지만, 먼 미래를 계획하는 사람은 아니었다. 남편을 만나기 전까지 자산 관리에는 크게 소질이 없었고(계산도 잘 못한다), 작은 원룸에 1,200자 책장을 사두고 책으로 채우는 게 유일한 취미였다. 핑크빛 미래를 꿈꾼 적도 없고 주어진 일이 있음에 감사하며 살았다.

그저 오랫동안 좋아하는 일을 하며 여생을 보낼 수 있었으면 했다. 내가 잘 모르는 미지의 세계가 궁금하지 않았던 것은 아니지만, 책장을 넘기며 가보지 않은 시대나 도시를 넘나드는 과정으로도 나름 괜찮았다.

그런 내게 손 내밀며 함께 진짜 여행을 떠나자고 말한 사람이 바로 남편이다. 남편은 처음 만났을 때부터 여러

모로 '경험이 많은 남자'였다. 가보고 싶은 곳, 해보고 싶은 일, 만나보고 싶은 사람들……, 어떤 선택 앞에서도 나보다 망설임이 적을 것 같은, 꽤 과감한 사람이었다. 그런 자유로운 사람이 이렇게 꽉 막힌 나를 좋아한다니, 나랑 결혼을 생각하다니.

처음에는 농담인 줄만 알았다. 결혼을 하고서도 다양한 모험을 하며 살고 싶다는 이 남자가 붙박이 같은 나와 진짜로 결혼할 리는 없을 거라고 생각했다. 그러다가 어딜 가든 나를 끌고 가겠다는 이 남자의 고집이 끈질긴 구애처럼 다가와 어느 순간 판단력을 잃었다. 정신을 차려보니 신부 대기실에 앉아 만인의 축하를 받으며 환하게 웃고 있는 여자가 보였다. 바로 나였다.

✳

몇 번의 이직을 하긴 했지만 나는 쭉 편집자로 일했다. 책을 쓰거나 파는, 혹은 디자인하는 역할이 아니라 그 모든 과정을 중개하며 일이 무난히 마무리되도록 신경 쓰는, 말하자면 소통과 잡무(?)를 담당하는 사람. 스물넷에 처음이 일을 시작해 교토로 떠나기 전까지 7년 정도 출판사에서 일했다. 남편이 다른 나라로 유학을 가서 뿌리를 내리고 몇 년씩 살아보자는 달콤한 제안을 할 때 나는 쉽게 마음을 정하지 못했다.

사표를 던지기로 마음먹었던 즈음, 나는 이 일을 그만두고 싶으면서도 지속하고 싶었다. 드센 저자들로 인해 속으로 꾸역꾸역 앓다가 몇 번씩 응급실에 간 적도 있고, 폭언에 가까운 언사와 지속적인 야근으로 정신이 피폐해진 상황이었다. 그런데도 쉽게 퇴사를 결정하지 못하는 나를 남편은 답답해했다.

아마 나는 이상적인 미래를 꿈꾸었던 것 같다. 끝내주는 기획을 해서 내가 만든 책이 베스트셀러가 되고, 그로 인해 '올해의 출판인'이나 '우수 편집 도서상'의 주인공이 되는 일. 그렇게 명예를 거머쥔 나에게 모두가 갈채를 보내면 그간 힘들었던 것일랑 싹 잊고 영광스럽게 퇴장한 뒤 홀연히 유학을 떠나는…… 그런 말도 안 되는 상상(혹은 망상). 이 일을 그만두는 순간이 올 때 내 뒷모습이 그랬으면 했다.

사표를 내기 전날까지도 남편에게 "나 회사 더 다니고

싶어.” 하며 살짝 운을 띄었고, 남편은 “항상 도돌이표야!” 하며 정색을 했다. “알았어, 알았어. 내일 진짜 회사에 말할 게.” 순서가 뒤바뀌긴 했지만 우리는 파랑새를 찾아 떠날 것을 먼저 정하고 사표부터 냈다.

유학을 준비하는 동안에도 어이없는 꿈을 많이 꿨다. 일본어를 기가 막히게 잘하는 사람이 되어 통번역가가 되어 볼까, 아니면 장인 같은 사람들 밑에서 일을 배워 나만의 가게를 열어볼까. 뜬구름 같은 남편 앞에서는 유난히 현실적인 척 기선을 제압하면서, 사실 내 머릿속만큼 비현실적인 공간도 없었다. 부부 둘 중 누구 하나라도 꽉 차게 철이 들어야 하는데, 우리는 아무도 그런 사람이 아닌 것 같다는 게 내 결론이다.

“돌아온 진짜 이유가 뭐야? 남편 취업도 했고, 너도 일본에서 대학원 잘 다니고 있었잖아.”

나는 이런 질문에 정말 약하다. 힘들어서 포기했다는 말을 하는 게 수치스럽기 때문이다. 남들이 볼 때는 정말 그럴 것이다. 4년의 유학 생활이 제대로 결실을 맺은 것처럼 보였을 수 있다. 어쩌면 그것은 내가 의도한 모습이었을지도 모른다.

"유학 중 임신을 했고 출산도 했지만, 남편은 일본에서 번듯한 직장에 다닌대."
"아이 돌보면서 번역 아르바이트를 하더라."
"내년엔 대학원에 복학한대."
"자기들만의 이야기를 새롭게 써 내려가는 멋진 부부야."

남들에겐 이렇게 보이는 고고한 내 삶에 남편이 흠집을 내려 하고 있었다.

"우리 그냥 한국으로 다시 돌아갈까?"

남편은 어학원을 졸업하고 세탁기를 연구하는 한 회사에 엔지니어로 취직했었다. 그때 나는 장학생으로 대학원에 합격했다는 소식을 전해 듣고 며칠 뒤 출산을 했다. 1년 정도 아이가 크는 동안, 피곤하고 늘 정신이 없었지만 에너지만큼은 넘쳤다. 아이가 낮잠을 자는 동안에 번역일을 했고, 틈틈이 전공 관련 도서도 읽었다. 솔직히 말하자면 나는 아이가 커가는 행복을 느끼며 복학을 기다리고 있었다. 어쩌면 1년의 육아 뒤에 찾아올 '복학'이 지금의 모든 어려움을 뛰어넘게 하는 신명의 힘이었는지도 모르겠다.

복학을 앞두고 남편에게도 선택의 기회가 찾아왔다. 옷을 만드는 일이었다. 비자를 위해 붙잡은 엔지니어 일은 단순하고 기계적이었지만, 새로 찾아온 제안은 디자인을 전공한 남편이 다시 업계로 돌아갈 수 있는 마지막 열차처럼 보였다. 매년 여름, 교토에서 열리는 기온 마츠리(일본을 대표하는 민속축제 중 하나이자 유네스코 인류무형문화유산으로 지정된 전통 행사)에 주축으로 참여할 정도로 '섬유'를 대표하는 오래된 회사였다. 특히 생산관리 직원이라는 자리는 우리 부부의 귀를 솔깃하게 했다.

하지만 막상 남편이 출근을 하고 보니 현실은 녹록지 않았다. 오래된 회사는 그 세월만큼 바뀌지 않는 구조적 문제가 있었다. 남편은 아침 8시까지 출근해 무릎을 꿇은 채 매일같이 나무 바닥을 닦았다. 장인들과의 소통을 중재하고 제작 사양이나 디자인에 관여하는 업무도 일부 있었지만, 서열이 너무 아래여서 그랬는지 집사 업무라고 해도 될 정도로 자잘한 일들을 홀로 감당해야 했다.

우리나라 디자인 업계가 어느 정도 열정 페이를 요구하는 것처럼, 일본의 전통 의상 산업도 비슷했다. 출퇴근 시간이나 주말 근무, 야근 등의 기준이 명확하지 않았고, 필요에 따라 이쪽저쪽 부서로 옮겨 다니며 짐꾼 역할을 했다. 남편이 바쁘게 바깥 생활을 하는 동안 이른바 '독박육아', 나는 홀로 아이를 돌봐야 했다. 우리 부부의 생활은 점점 피폐해졌다.

교토 생활을 정리하게 된 가장 큰 계기는 이런 피폐해진 생활로 촉발됐다. 몸이 힘들어지면서 우리는 거의 매일 누가 더 고단한지 따져 물으며 다퉜다. 남편이 이직하기 전에도 그랬지만 내 행복지수는 그의 퇴근 시간에 달려 있었다. 그 시간이 늦어지면 이유를 설명할 수 없는 온갖 부정적인 감정이 나를 좀먹었다.

대학원 수업이 시작되면서 불행의 늪은 더 질척거렸다. 어린이집에 맡긴 아이가 열이라도 나면 수업을 포기하고 집으로 되돌아와야 했다. '육퇴' 후에야 수업을 따라가겠다고 책을 읽고 과제를 하다 보면 깊은 새벽이 됐다. 자주 쪽잠을 잤고 몸에는 두드러기가 났다. 그렇게 여름방학이 올 때까지 우리 가족은 다투고 앓다가 급기야 무기력해졌다.

어느 날, 누구 하나는 포기하는 게 맞겠다는 생각이 들었다. 아이가 있는 엄마는 대학원 생활을 최대 4년까지 연장할 수 있는데, 그것도 비자가 확실한 사람만이 이 제도를 누릴 수 있다. 그러려면 졸업할 때까지 남편의 취업비자(나와 아이는 이 비자에 빌붙어 체류 중이었다)가 무탈해야 했고, 그 말인즉슨 앞으로도 이렇게 4년을 버텨야 한다는 얘기였다.

남편이 현재의 회사를 그만두고 3개월 내에 새 회사를 찾지 못하면 우리 가족의 일본 체류는 불가능해진다. 내 학생비자를 살려 가족이 체류할 경우, 학비와 생활비를 충당할 만한 여건을 장담할 수 없다.

한국행을 결정하느냐 마느냐 기로에 섰을 때 선택은 그렇게 세 가지였다. 포기하고 돌아가는 게 그나마 산뜻해 보였다. 무엇보다 남편의 마음이 상처로 크게 얼룩져 있어서 더 이상 뭔가를 요구하고 다그치는 게 내키지 않았다. 어느 날은 남편이 너무 미웠고, 며칠 지나고 보면 또 불쌍하기 그지없었다.

내가 일본에서 공부를 좋아하는 사람이라는 사실을 조금씩 알아가며 그나마 구체적으로 꾼 꿈은 연구원이 되는 거였다. 지역문화를 비교·분석하는 학자를 상상하며 박사 과정은 어디에서 하는 게 좋을지, 아무래도 학비가 저렴한 국립이 낫겠지, 중얼거리며 사이트를 뒤지는 게 나름의 유희였는데, 억울하게도 모든 상황이 나에게 포기를 종용하고 있었다.

이상한 일이었다. 그동안 내가 욕심이 없고 분수를 아는 사람이라고 착각하며 살았던 걸까? 아니면 포기를 싫어하는 내 성미를 너무도 잘 알아서 쓸데없는 마음은 애초에 품지도 말아야 한다며 무장하고 있었나? '내려놓음'이라는 말 앞에서 한참을 무너졌지만, 결국 정신을 차렸다. 그렇게, 우리는 한국행을 결정했다.

나와 남편, 둘이 함께 내린 선택이었지만 교토 살림을 정리하며 귀국 준비를 하는 동안 내 마음은 쉽사리 진정되지 않았다. 어느 날은 체념이, 또 어느 날은 분노가 일었다. 분노가 극에 달할 때는 자는 남편을 보면서 한 대 때리고도 싶은 마음이 불쑥 솟았다. 어떤 때는 내 삶이 갑자기 수렁으로 곤두박질치는 것 같아 눈물이 났고, 자주 흐

리멍텅해졌다.

　그러나 나와 내 가족의 삶이 아닌가. 이렇게 널뛰는 마음으로 계속 살아갈 수는 없었다. 나는 마음속 불만과 슬픔을 글로 써내려가며 내 상처의 근원에 다가가고 싶었다. 그리고 내 삶에서 이 모든 일이 벌어지게 만든 장본인, 남편에 대해서 더 알아야만 했다. 그것이 내가 남편에 대해 쓰기 시작한 이유다.

상견례를 하자마자
회사를 그만두겠다니

엄마는 이십대에 미용실에 얼음을 배달해주던 한 남자를
만났다. 남자는 시간이 지나면서 얼음만이 아니라 찹쌀도
넛이나 군고구마 따위의 간식을 사서 미용실 문을 슬며시
열었다. 별 다른 말도 없이 소파에 한참 앉아 있다가 가고,
낮잠도 자고 갔다는 수상한 남자. 도대체 왜 내쫓지 않았
는지 의아하지만, 어쨌든 둘은 결혼해서 오빠와 나를 낳
는다.

내가 스무 살이 될 때까지 우리 집은 조용할 날이 별로 없었다. 내가 기억하는 아빠는 군고구마나 풀빵을 팔기도 했고, 택시기사로도 일했으며, 자동차 정비소를 운영한 적도 있다. 사업 자금은 엄마가 있는 돈을 모두 긁어서 주거나 누군가에게 빌려서 대줬고, 아침 9시부터 밤 8시까지 주 6일간 일을 해서 그 빚과 이자를 갚은 것도 엄마였다. 정비소가 쫄딱 망해서 아빠가 빈털터리가 될 때까지 엄마는 늘 화난 사람 같은 얼굴을 하고 있었다. 흔한 딸들의 고백처럼 나도 같은 생각을 했다.

'아빠 같은 사람은 절대 만나지 말아야지.'

다행인지 불행인지 아빠는 방황을 끝내고 천직을 찾았다. 보험회사 영업사원으로 들어가 거의 매해 '보험왕'으로 꼽히며 승승장구했다. 금과 상패를 받아왔고, 회사에서 금강산이나 동남아 각지로 여행도 보내줬다. 빚도 다 갚았고, 비싼 내 사립대학 학비도 대줬으며, 모르긴 몰라도 현재 연봉도 꽤 높을 것 같다. 하지만 아직도 욕심을 버리지 못해 한 번씩 이상한 소릴 하곤 한다. 건물을 사서 탁

구장을 하고 싶다는 식의 이야기인데, 당구장도 아니고 볼링장도 아니고 왜 하필 탁구? 우리 가족은 무조건 결사반대다. 사업의 '사'자만 들어도 새파랗게 질리는 병에 걸렸기 때문이다.

상견례가 끝나고 멀쩡한 회사를 그만두겠다고 말하던 남자친구(지금의 남편이다)를 보면서 나는 아빠 같은 사람을 만난 건 아닌지 불안했다. 평소 조용하고 온순한 편인 나는 이날, 남자친구의 눈에서 눈물이 줄줄 흘러내릴 정도로 표독스러운 말들을 쏟아냈다. 고요한 어조로 어찌나 몰아붙였는지, 30분도 안 되어서 남자친구 눈과 얼굴은 시뻘겋게, 퉁퉁 붓고 말았다. 그날은 그의 생일이었다.

"자아는 결혼 전에 찾으라고. 부모님께 결혼식 날짜를 미루겠다고 해, 그럼. 1년이든 2년이든 기다릴 테니까. 하고 싶은 일 찾고 결혼하자고."

지금 다니는 회사는 적성에 맞지 않고 손으로 무언가를 만들며 성취감을 느끼고 싶다는 게 이유였다. 구체적으로 무얼 만들고 싶은지를 알지 못해서 이제부터 찾을 거라는 대답은 명치를 답답하게 했다. 이 일이 벌어지기 전까지 나는 남편에게 꽤 반해 있었다. 혼자가 익숙한 나였지만, 뭐든 나와 함께 하려고 하는 이 사람 모습이 밉상이 아니었고, 감정에 솔직하고 빈말은 죽어도 못하는 성격도 마음에 들었다.

부모에게 경제적으로 독립한 상태인 점도 좋았는데, 그날 그렇게 따져 물으며 화를 낸 걸 보니 이 사람의 안정적인 직장도 플러스 요인 중 하나였던 모양이다. 몇 시간 동안 혼낸 탓인지 남자친구는 한동안 조용히 회사에 다녔다. 결혼식 이후 방법을 바꾸어 가끔 내게 바람을 넣긴 했지만.

✳

"너 영국 좋아하잖아. 내가 영국으로 유학 보내줄게. 6개월 정도 어학연수하고, (퇴사하고 영국으로 간) 나랑 (만나서) 산티아고 길 걷고 돌아오자."

제인 오스틴, 버지니아 울프, 찰스 디킨스, 조지 오웰, 헤밍웨이, 서머셋 모옴……. 내가 사랑한 작가들은 대부분 영국 땅을 거닐었거나 그곳에서 태어났고, 영국을 배경으로 여러 편의 소설을 썼다. 런던 여행 에세이를 편집하기도 했던 나에게 영국은 로망 그 자체였던 터라 크게 마음이 흔들렸다.

남편은 화두만 던졌을 뿐, 그다음부터는 내가 움직였다. 영어 학원 새벽반에 등록하고, 틈이 날 때마다 유학원 사이트를 드나들며 상담을 했다. 그렇다. 우리 집은 작전은 남편이 짜고 행동은 내가 하는 게 일반적인 패턴인 것이다. 참고로 남편은 이 말을 극도로 싫어한다. 하지만 내 느낌은 딱 이런데 뭘.

첫 번째 계획이 수포로 돌아가는 데까지 걸린 시간은 대략 6개월. 남편은 계획은 기가 막히게 잘 짠다. 다만 그 계획이 자주 수정된다는 게 함정이다. 포기를 싫어하는 나는 그와 살면서 포기에 익숙해져야만 했다. 차선책으로 우리는 둘이 동시에 퇴사, 유학을 희망하는 나라 리스트를 짜고 6개월간 여행하며 돌아본 뒤 최종 결정을 내리는 걸로 이야기를 마무리했다. 아직까지도 동기를 명확히 알 수 없지만, 어쨌든 우리는 막연하게 어떤 기술을 배우기 위해 유학을 결심했다.

유학지가 일본의 교토가 된 데에는 여러 가지 사연이 있다. 이탈리아와 스페인, 독일 등지에 위치한 직업학교와 전문학교를 알아볼 예정이었던 우리는 프랑스와 이탈리아의 국경 부근에서 소매치기를 당했다. 예산의 절반과 유레일패스, 여권까지 잃어버린 남편(소매치기는 이분이 당했다)은 멍해져서 "어떡하지?" 하는 말만 되풀이했고, 나는 여전사가 되어 그를 이끌고 프랑스 칸 해변 앞에 있는 경찰서를 찾아갔다. 신고는 마쳤지만, 여권 갱신을 하려면 파리로 가야 한다고 했다. 그렇게 파리에 발이 묶여 우리는 한 달 내내 그곳에 머물렀다.

큰맘 먹고 온 유럽이니 다시 만든 임시 여권으로 다른 도시에도 가고, 더 많은 것을 보고 왔더라면 좋았을걸. 하지만 이번에는 여전사에게 문제가 생겼다. 태생이 겁쟁이인 여전사는 경찰서에서 나오던 순간까지만 용감했다. 나는 칸에서 파리로 이동할 때도, 파리에서 거리를 걸을 때도, 조금이라도 덩치가 크거나 인상이 험악한 사람들을 보면 경기하듯 놀라곤 했다. 눈치만 살피다가 틈만 나면 꼬인 장을 붙들고 화장실을 찾았다. 나처럼 유료 화장실을 많이 이용한 여행객이 또 있을까 싶을 정도로 장 활동이 분주했다.

지난 7년 동안 남편과 같이 보낸 시간은 대개 이랬다. 남편은 운동화 밑창이 닳아 구멍이 날 정도로 걷는 사람이라서, 나는 늘 그와 보폭을 맞추느라 좋고 싫음을 길게 느낄 여유도 없이 분주하게 움직여야 했다. 물론 남편은 반박하고 싶을 것이다. 내 느려터진 걸음에 맞춰 걸을 수 있는 관대한 남자는 자신뿐일 거라 믿어 의심치 않을 테니 말이다.

다 지난 뒤 떠올리면 우리의 허무했던 여행도 장면 장면 웃음이 날 정도로 재미있다. 하지만 당시에는 마치 태풍이라도 몰아친 것처럼 머릿속이 휑하다. 서울에서 남은 살림을 정리하고 이민 가방에 각자 배낭 하나씩만 메고 교토에 도착했을 때도, 둘이 지낼 작은 원룸을 구해 이사한 첫날에도, 서른을 훌쩍 넘긴 내가 어학원에 다니며 아르바이트를 하던 순간에도 그랬다. 하루를 가만히 정리하고 내일을 계획할 틈이 부족했다. 달리고 달리다 보니 여기까지 왔다.

상견례를 마치고 퇴사를 읊조리던 남편의 모습은 몇 년

아기 남편에 대해
할 말이 많다.

그게 조용히,
은근히,
성실하게
여생을 보내고 싶었던 내게

지금의 삶을
지나시게 빼 ㅡ그그
뉴 나쁘니까.

간 잊고 지냈는데, 귀국 얘기가 나왔을 때 불현듯 다시 생각났다.

'아, 이 사람. 딱히 허랑방탕하고 게으른 남자(실상은 못 따라갈 정도로 부지런함)는 아닌 것 같은데, 어딘가 위험해. 내 삶을 조종하고 있어.'

기억이라는 건 주관적이어서 우리 부부는 같은 추억을 공유하고 있어도 나중에는 각자 딴소리를 한다. 이런 입장 차이를 좁힐 수 있는 날이 과연 오기는 할까? 나는 입버릇처럼 스스로를 '객관적인 사람'이라고 말한다. 하지만 알고 있다. 지금 이 순간에도 내게 유리한 기억들로 글을 나열하고 있겠지. 그래도 아직 남편에 대해 할 말이 많다. 그저 조용히, 묵묵히, 성실하게 여생을 보내고 싶었던 내게 지금의 삶은 지나치게 빠르고 숨 가쁘니까.

아르바이트가 어때서?
기죽지 말라고

교토에 막 도착해 봄 학기 시작을 기다리고 있을 무렵, 우리 집 자산 상태는 그리 나쁘지 않았다. 한국에서 신혼집을 정리하며 생긴 목돈과 퇴직금이 있었기에 비자를 받은 2년 중 적어도 1년은 마음껏 교토를 돌아보고 틈틈이 여행도 할 수 있을 거라고 기대했다.

하지만 세상일은 마음만으로는 안 되는 부분이 많은 법. 교토 생활을 시작하고 3주도 안 됐을 때 나는 어이없는 팔꿈치 골절 사고로 막대한 비용을 지출해야 했다. 한국으로 돌아가 수술하느라 쓴 돈도 만만치 않지만, 일본의 재활 시스템은 '천천히, 오래, 부작용 없이' 진행하기 때문에 재활 기간 나갈 돈만 계산해도 정신이 번쩍 들었다.

사고는 자전거를 타고 교토 '철학의 길'을 구경하다가 일어났다. 연분홍빛 벚꽃이 만발한 봄날이었다. 주변을 둘러보느라 한눈을 파는 사이, 도보로 올라가는 낮은 턱에 걸려 그대로 고꾸라진 것이다. 구르면서 손을 짚어야 한다고 생각했지만, 운동신경이 부족한 나는 그만 팔꿈치로 기울어지는 몸을 방어하고 말았다. 뼈가 부러졌다는 것을 직감적으로 알았다. 그러나 완전히 빠개졌을 줄이야.

한국에서 수술을 하고 교토에 돌아왔을 때 돈보다는 회복이 우선이었다. 3~4개월 정도는 물리치료와 마사지, 팔 근육 키우기에 집중했고, 단백질과 칼슘 보충에 힘썼다. 시간이 흐르면서 수술 부위의 통증도 줄고 깁스도 풀었지만, 팔이 구부러지고 손목을 아래위로 뒤집을 수 있게 되기까지는 시간이 꽤 걸렸다.

남편은 학기가 끝나기 전부터 이미 식당 주방에서 아르바이트를 시작했다. 동네 중식 레스토랑이었다. 중국 교포

1세대 사장님 내외와 아들, 조카 등이 뛰어든, 가족 경영에 가까운 형태의 가게였다. 늘 손님이 많았던 만큼 남편은 자정 넘도록 일하는 날이 많았다. 일주일에 서너 번만 나가도 피로가 쌓여 아침에 일어나는 걸 힘들어했다. 몇 개월 전까지만 해도 이름만 대면 다 아는 회사에 다니던 서른다섯의 건강한 남자가 기름 범벅으로 쌓여 있는 그릇과 싱크대, 가스레인지 주변을 꼼꼼히 닦느라 눈이 퀭해졌다.

남편한테는 일이 힘든 것보다도 자존심이 상하는 게 더 큰 문제였다. 그릇을 닦다 보면 '내가 지금 여기서 뭘 하는 건가' 하는 생각이 들어 기분이 가라앉는다고 했다. 아르바이트를 하고 돌아온 날이면 유난히 우울한 질문을 많이 했다.

"우리 잘 살고 있는 걸까? 진짜 자괴감 든다."

힘든 마음을 이해하지 못한 건 아니지만, 의문도 같이 고개를 들었다. '항상 조직생활을 벗어나고 싶어 했고, 기술을 배우고 싶다던 사람 아니었나?' 몸을 써서 돈을 버는 사람치고 노고가 없는 경우는 없다. 무엇보다 모든 일에는 즐거움이나 보람을 느끼기 위해 반드시 해야만 하는 싫은 일들이 뒤따른다. 평생 미용실을 운영해온 우리 엄마만 해도 하루에 반 이상을 서서 보낸다. 나는 엄마의 신성한 노동을 오랜 시간 지켜보며 자라서인지 몸을 움직이는 직업에 일종의 경외심을 가지고 있다.

한편으로는 남편이 느끼는 서글픔이 '남자'를 둘러싼 사회적 시선이 주는 압박이 아닌가 하는 생각도 했다. 남편은 교토에서 지내는 동안, 아내와 같이 유학까지 온 자신이 장차 돈벌이를 제대로 하지 못하면 주변에서 얼마나 한심하게 보겠느냐며 보이지도 않는 사람들을 의식하곤 했다. 한국에 있는 양가 부모님들, 자기의 선택을 비웃던 지인들, 심지어 교토에 와서 인연을 맺은 어학원 선생님, 같이 아르바이트하는 사람들까지.

"멀리도 가네. 자자, 이제 그만 현실 세계에 발 디디세요. 우리가 돈이 없지 낭만이 없냐? 아르바이트가 어때서! 기죽지 말라고."

더 열심히 운동을 했다. 빨리 몸을 회복하고 싶었다. 나도 아르바이트를 구해 남편과 공감대를 형성하고 싶었다. "오빠, 우리 잘하고 있어. 힘내자." 이런 말을 건네고 싶었던 모양이다. 점점 팔에 힘이 돌아왔고 병원에서 자전거를 다시 타도 좋다고 했다. 덤벨을 들고 손목을 구부리거나 드는 동작, 팔 윗부분 삼두근을 단련하는 운동을 매일 하면서 드디어 2~3킬로그램 정도의 물건은 들 수 있는 상태가 되었다.

곧장 아르바이트를 구하러 다녔다. 일본어가 유창하지 않은 우리가 구할 수 있는 일은 그리 많지 않았다. 나의 경우, 남편보다 일본어 공부에 투자한 시간이 더 많았던 터라 한국어 과외 자리나 번역 아르바이트 등을 알아보기도 했다. 여러 군데 면접도 다녔지만, 원래도 긴장을 잘하는 성격이라 그랬는지 멍석이 깔리면 말도 안 되는 일본어(일본어도 아닌 일본어)가 튀어나왔다. 이십대 때 첫 직장을 구하러 다니던 날보다 더 떨어서, 집으로 돌아오는 길이면 두통에 시달렸다.

욕심을 내려놓기로 했다. 그리고 집 근처 케이크 가게에 가봤다. 남편 말로는 인자해 보이는 할머니가 작은 가게를 운영하고 있으며, 아르바이트 모집 공고가 입구에 붙어 있다고 했다. 할머니는 나를 만나자마자 봉고차에 태워 어디론가 달렸다. 알고 보니 총 세 개 매장을 가진 케이크 가게로, 아들(사장)이 운영하는 본점에서 케이크와 쿠키를 구우면 할머니와 딸(사장님의 누나)이 판매 예상 수량만큼 물건을 가져가는 형태로 장사를 했다.

어릴 적 빵가게를 하는 게 꿈이었던 나는 케이크 가게에 어느 정도 로망이 있었다. 주방에서 하는 일이라 무작정 쉬울 거라 생각한 것은 아니지만, 달달한 디저트를 워낙 좋아하는 편이라 잘하면 기술도 배울 수 있을 거라는 말도 안 되는 상상을 했다. 당연히 보기 좋게 예상은 빗나갔고, 나는 주로 포장 일을 했다.

구워진 쿠키와 롤 케이크, 슈크림, 리프파이, 갈레트를 크기에 맞는 비닐이나 박스에 넣었고, 60~70개 되는 달걀을 깨서 흰자와 노른자로 분리했다. 케이크 위에 올라가는 과일을 예쁘고 깔끔하게 썰어뒀고, 지방 함량이 다른 생크림 여러 개를 비율대로 섞어 데커레이션용 크림도 만들었다. 폐점 시간에 주방 조리대와 바닥 청소, 행주 삶기, 식기 세척기 청소를 순서대로 다 마무리하면 마침내 퇴근을 하는 아르바이트 자리.

남편이 일하는 가게와 달리 나는 정확한 시간에 일이 끝났다. 아르바이트를 한 날에는 옷과 머리에서 크림 냄새가 났는데, 그게 싫지 않았다. 사실 과일을 예쁘게 써는 것도, 달걀을 깨는 것도, 냉동 창고에 있는 쿠키 반죽을 꺼내 오븐 팬 위에 올리고 굽는 것도 내게는 낭만적으로 느껴졌다. 직접 조리를 하는 게 아니라도 일이 제법 재미있었다.

'뭐야, 이럴 거면 내가 기술을 배우는 게 더 나은 거 아냐? 이참에 남편을 집안에 들어앉혀?'

케이크 가게의 주방은 손님과 맞대응할 일도 적고, 주문받은 요리를 바삐 만들어 내줘야 하는 것도 아니라서 은근히 여유도 있었다. 다들 집중해서 자기 할 일을 했지만 맡은 바를 실수 없이 끝내기만 하면 누구도 뭐라 하는 사람이 없었다. 무엇보다 '꼴통'에 가까운 나이 어린 아르바이트생이 한 명 있어서 나 정도면 인성이 보장된 직원 대우를 받아 마음도 편했다.

남편이 유기농 타월 브랜드 매장 아르바이트, 세탁기 연구소 엔지니어 등으로 직업을 업그레이드하는 동안, 나는 일이 점점 손에 익어 티라미수 반죽, 쿠키 아이싱 전담이 되었다. 일주일에 한두 번 볼에 재료를 담아 거품기로 휘휘 저으며 티라미수 반죽을 만드는 동안 묘한 성취감을 느꼈다.

지금 생각하면 타이밍이 신의 한수였던 것 같다. '꼴통 알바생'이 무단결근을 밥 먹듯이 하다가 해고를 당하면서 자연스럽게 내 역할이 생겼으니 말이다. 이것저것 배울 수 있었던 것도 좋았지만, 그보다 해가 바뀌고 임신으로 입덧이 심해지기 직전까지 무사히 한 곳에서 아르바이트를 이어갈 수 있었던 게 가장 다행이었다(나는 새로운 환경에 적응하는 게 매우 취약한 사람이다).

단순한 일을 한다고 해서 내가 단순한 사람이 되는 건 아니다. 그래서 누군가 내 일에 대해 선입견을 가져도, 만족할 만한 수익이 보장되어 있지 않아도, 좋아하는 일을 하고 있다면 그뿐이다. 심지어 그게 행복한 삶이라는 생각을 한다. 대학 때 가장 존경하던 S 선배는 대기업에 취업하고 마지막으로 학교에 들렀을 때 이런 말을 해줬다.

"반짝아! 좋아하는 일, 잘할 수 있는 일, 잘하고 싶은 일, 이 세 가지 조건이 다 맞는 일을 구하면 그건 진짜 행운이야. 하지만 셋 중에 하나라도 해당된다면 도전해볼 가치가 있어."

선배의 말 때문이었는지, 원래도 내가 그런 사람이었는지는 모르겠다. 나는 하고 싶은 일을 찾고 정하는 데에 크게 거리낌이 없다. 솔직히 출판사 편집자는 들으면 놀랄 정도로 월급이 적은 편이고, 매해 연봉 인상률도 낮다. 그래도 돈을 많이 벌거나 안정적인 직장에 다니는 친구들에 비해 좋아하는 일을 하고 있어 다행이라는 생각을 종종 하곤 했다.

남편이 다른 일을 찾고 싶다고 말했을 때, '그래, 더 늦기 전에 꿈을 찾으면 좋지.' 하고 생각했던 것도 내가 '작고 내세울 것 없는 행복'의 맛을 조금은 아는 사람이었기 때문일 것이다. 평생 직장이 옛말이 된 세상이지만, 그래도 평생 직업은 충분히 자기 의지로 실현할 수 있을 테니 말이다.

"평생 넉넉하진 않아도 재미있게 살게 해줄게."

남편은 결혼 전에 이런 말을 하며 밉살스러운 프러포즈를 했었다. 그땐 별 생각이 없었는데, 요즘에서야 나는 그 자리에서 남편을 혼쭐내지 않은 걸 후회한다. 가끔은 남편이 프러포즈할 때 했던 말은 농담이고, '나를 평생, 든든하게' 부양할 거라고 말해주는 상상을 한다. 그러다가 '아니야, 나도 내가 좋아하는 일을 가능한 오랫동안 하고 싶은걸? 머리털이 성성해질 때까지!' 하며 갈등을 겪는다. 이번 생이 끝날 때까지 이런 고민은 계속될 것이다. 그래도 우리 삶에 한마디 유머가 이어질 수 있다면 그걸로 족하다. 다시 한 번 한참을 고민하다가 보탠다.

"아직까지는 진심이니까, 거짓말은 아니야."

자산 관리가
뭔가요?

주변에 결혼을 고민하는 친구나 후배가 있다면, 진지하게 둘의 경제관념이 얼마나 다른지부터 따져보라 말하겠다. 남편과 나는 크게 보면 비슷하지만, 자세히 들여다보면 다른 부분이 훨씬 많다. 너무 당연한 말을 비장하게 한 것 같아서 좀 우습긴 하다. 지구상에 살고 있는 인종을 크게는 피부색과 태어난 나라 등으로 나누지만, 기준을 정할라치면 어떤 척도로도 유형을 나눌 수 있을 테니 말이다. 어쨌든 내가 느끼기에 우리 부부의 가장 다른 점은 바로 이 경제관념에 있다.

이를테면 나는 초중고를 다니는 동안 제대로 용돈을 받아 쓴 경험이 없다. 등굣길, 엄마는 바쁘지 않으면 내 교복 주머니에 천 원짜리 지폐 한두 장을 구겨 넣어줬고, 나는 그 돈으로 학교가 끝나면 떡볶이를 사 먹었다. 남은 돈은 생각날 때마다 은행에 들러 저금을 했다. 문제집이나 준비물 살 돈은 그때그때 엄마에게 타서 썼고, 읽고 싶은 책이 있으면 도서관에서 빌리면 그만이었다. '쌈짓돈이 주머닛돈'이라더니 내 주머니는 늘 빈곤했고, 내 한 입 간식 챙길 여유 말고는 없었던 것 같다.

오랜 습관이 무서운 게, 사회생활을 시작하고도 한참 동안 신용카드를 만들지 못했다. 카드가 필요할 만큼 씀씀이가 크지 않았던 것도 이유일 테지만, 무엇보다 카드를 긁는 순간 내 인생이 밑도 끝도 없는 절벽 아래로 곤두박질칠까 두려웠다. 요령 있게 잘만 쓰면 오히려 이득인 카드를 알려고 하지도 않았던 것이다. 신용 등급이랄지, 여러 가지 할인 혜택, 포인트 제도에 어두웠고, 재무를 알지 못해서 정직한 일개미로 출퇴근하며 돈을 불리지 못한 채 이십대를 보냈다.

그래도 나름 풍족했다. 퇴근 후 재료를 사와서 요리도 해 먹었고, 읽고 싶은 책을 살 수 있는 여력도 생겼다. 무엇보다 친구들 혹은 직장 동료와 카페에 가서 달콤한 디저트를 사 먹는 재미에 푹 빠졌다. 여담이지만 결혼 전까지를 인생 1분기로 친다면 내 생애 가장 큰 탕진은 치아교정이었다. 가지런한 치아를 얻게 되기까지 몸도 마음도 내 통장도 다 같이 고생을 했더랬다.

나와 달리 남편은 셈이 정확하고 허투루 돈을 쓰지 않는 검소한 사람이지만, (아니, 그런 듯 보이지만) 가끔 이해 안 가는 것에 꽂혀 거금을 휙 써버릴 때가 있다. 교통비가 아깝다며 주로 걷는 남자가 10만 원, 20만 원이 훌쩍 넘는 물건을 보며, "이 정도면 가격 괜찮은데?" 하고 말하곤 사자고 할 때, 어떤 표정을 지어야 할지 고민이 된다. 같이 결정해 사놓고 뒤에서 딴소리한다는 말을 자주 듣는 나지만, 솔직히 말하자면 진심으로 사길 원해서 돈을 쓰라고 허락한 적은 없다. 사고 싶어 하는 게 뻔히 보여서 더 말릴 기운이 없었던 거라고 말하면, 남편은 또 배신감을 느끼겠지?

사고 싶은 것을 사서 자기만의 기회비용을 충족시키는 것, 성인이라면 누구나 원하는 부분일 거라는 생각도 한편으로는 한다. 하지만 문제는, 우리가 가진 재산이 그 정도로 넉넉하지 않다는 데 있다. 엥겔지수가 높아서 식사와 디저트 비용에 집중하는 나와 문화 콘텐츠나 생활 가구 등 인테리어에 비용을 투자하고 싶은 남편(적고 보니 결국 우리 집엔 쓰는 사람만 있다). 이 어마어마한 차이를 과연 극복할 수 있을까? 결혼을 이미 했다면 할 말이 없지만, 아직 하지 않았다면 냉정하게 고민해볼 문제이다. 그래도 답은 정해져 있다는 걸 알고 있다. 서로 좋아서 날 잡겠다는데, 이런 말을 듣기나 하겠어?

지금부터 우리 부부의 너무나 다른 경제관념을 취미에 빗대어 얘기해보려 한다. 남편의 취미 중 가장 많은 돈이 들어가는 분야는 '인테리어 바꾸기'이다. 결혼해 7년을 사는 동안 총 다섯 번 이사를 했는데, 그중 세 번이 공교롭게도 3년 반을 산 교토에서 이루어졌다.

첫 번째 원룸에서 두 번째 아파트로 이사한 이유는 그때

만 해도 교토 생활이 이리 길어질 줄 몰랐기에, 살아보고
픈 동네에서 남은 기간을 지내보자는 취지였다. 둘 다 비
와호라는 호숫가마을(시가현)을 좋아해서(이럴 때는 아주 찰
떡호흡이다), 호수가 보이는 낡은 아파트로 거처를 옮겼다.
둘이 살던 조그만 원룸에서도 한두 달에 한 번씩은 물건을
이리저리 옮기며 구조를 바꾸던 남편은 이 집에 본격적으
로 애정을 쏟았다.

앤티크 테이블과 스툴, 팔걸이의자 등으로 공간을 꾸미
고 싶다며 앤티크 숍에 자주 구경 가자던 남편. 앤티크 가
구가 비싼 줄은 알았지만, 직접 체감하니 뒤통수가 띵했
다. 그래도 남편 장래희망이 목수라는데, 이런 영감의 기
회마저 빼앗으면 크산티페 취급을 받을까 싶어서 마지못
해 수락하곤 했다. 대신 나는 삶의 기쁨인 케이크를 잠시
동안 줄여야 했다. 거기서 끝이 아니다. 인테리어가 취미
가 아닌 나로서는 이해가 잘 안 되지만, 인테리어는 정기
적으로 새로운 아이템과 변화를 필요로 한다.

갑자기 코끝 시린 바람이 불기 시작한 어느 초겨울, 일본
생활의 낭만인 코타츠가 남편의 위시리스트에 올라왔다.
바닥 난방을 하지 않는 일본에서 겨울을 나려면 전기세가

가장 적게 나가는, 에너지 효율 높은 난방기기가 필요하다는 이유였다. 나는 속으로만 말했다. '우리 이사할 때 이미 가스스토브와 에어컨 겸 히터를 샀잖아.'

"아니, 좀 웃기잖아. 서양식 앤티크 원형 테이블 옆에 무슨 담요 덮인 코타츠야? 집이 너무 꽉 차서 더 이상할 것 같은데?"

거의 무(無)에 가까운 인테리어에서 아름다움을 느끼는 내가 남편의 인테리어를 이해하려면 갈 길이 멀었다. 하지만 결국 또 마지막에는 돈을 쓰게 해주었다. 그런 식으로 남편은 라이카 카메라를 샀고, 어느 날엔 막 출시된 애플사의 신형 아이폰도 샀다(혼자 사기 민망했는지 필요 없다는 내게도 한사코 강요해 나도 사고 말았다).

여기가 끝이면 다행일 텐데, 아니지, 절대 아니야. 결론적으로 말하자면 그 고급스럽고 비싼 앤티크 테이블들은 이제 우리 집에 없다. 남편이 취업이 되고 내가 대학원에 운 좋게 붙으면서 다시 교토 시내로 이사를 하게 됐는데, 집 구조에 어울리지 않는다는 이유로 구입했던 가격에 훨

씬 못 미치는 금액으로 되팔았다.

어찌나 부지런한지, 사는 것도 빠르고 되파는 것도 순식간이다. 주기적으로 살림을 정리해 리사이클 숍에 물건을 내다 파는 게 또 다른 취미인 터라, 미관을 해치는 물건은 즉각 퇴거 조치다. 그리고 빈 공간이 생기면 어김없이 새 물건이 등장한다.

이 복잡다단한 변화 속에서 나 역시 내 물건 몇 개를 확보했다. 글을 쓰거나 책을 읽을 수 있는 자그마한 책상과 이제는 한층 더 너저분해진 책장, 그리고 미관을 해쳐서 쫓겨난 구닥다리 미니오븐 대신 하사받은, 디자인이 훌륭하고 기능이 간편한 발뮤다 오븐레인지.

경제관념이 다른 남편 덕에 살까 말까 고민만 하다가 결국은 안 샀을 물건도 이렇게 쉽게 얻는구나 싶을 때가 있다. 하지만 대부분의 나날에는 깊은 한숨이 공존한다.

"하나를 사더라도 오래 쓸 수 있는 질 좋은 걸 사야지. 결국은 그게 남는 거고 이득 아니야?" 하고 설득한 뒤 돈을 쓰고 "사길 잘했지?" 하고 말하던 남편. 나는 요즘에 와서야 노골적으로 쓴소리를 시작했다.

서로 약속처럼
지켜야만 하는 그 관계를
  오랫동안
  붙들고 사연서

서로의 마음을
지켜보고 싶다.

"하나를 사더라도 오래 쓴다더니 겨우 1년 조금 넘게 쓰고 다 팔았잖아. 오빠는 그냥 물욕이 많은 것 같아."

부부가 되고 부모가 되면서 더 끈끈해진 부분도 분명 있다. 하지만 사는 날이 늘수록 서로의 좋은 점을 덮어놓고 평가 절하하는 나쁜 습관도 함께 생겼다. 어리바리하고 매사가 느릿한 나의 행동을 귀엽게 봐주던 남편은 어느 순간부터 훈련원 조교 같은 눈초리로 나의 행동거지를 따져 묻고 다음 순서를 재촉한다. 남편이 남자친구일 때, 손수 꾸몄다던 낡은 한옥집 자취방의 인테리어를 입이 마르게 칭찬하던 나는, 이제 남편이 뭐만 산다고 하면 세상에 둘도 없는 허세남으로 몰아세운다.

가끔은 그랬던 날들과 지금을 일일이 비교하며 사랑이 뭐고, 연애랑 결혼은 뭔가, 우리는 이대로 괜찮은가 별별 생각을 다 하며 혼자서 축 처지기도 한다. 그래도 나는 철학자 에리히 프롬이 내린 사랑의 정의를 믿고 있다. 연애 감정을 뛰어넘는 사랑의 본질, 스파크 단계를 지나면 서로 약속처럼 지켜가야 하는 그 관계를 오랫동안 붙들고 가면서 서로의 마음을 지켜보고 싶다. 나와 상대의 변화, 감정의 무르익음, 익숙한 편안함 같은 것들을 기대하며.

결론은 으르렁 싸워대는 부부만큼 믿지 말아야 할 족속들이 또 없다는 것이다. 싸움은 순간이고, 악다구니를 무는 와중에도 그들 사이에는 말로 설명할 수 없는 연대감이 쌓인다. 그러니 결혼의 판단은 각자의 몫으로 돌리는 게 좋겠다.

우리 집에선 나도
자랑하고픈
딸이란 말이다

부부싸움의 골이 깊어질 때면 친정 생각이 난다. 엄마한테
속 시원히 다 말하지도 못 하면서 그냥 친정집의 공간과
냄새, 아늑함 같은 것들이 막무가내로 그립다. 막상 가면
잠자리가 바뀌어 불편할 게 뻔하다. 그래도 엄마가 해주는
밥을 먹고 나면 다시 힘을 내서 제대로 일상으로 돌아올 수
있을 거라는 근거 없는 믿음이 있다.

한국으로 간다면 어떤 대책이 있는지, 돌아가도 형편이

예전과 달라서 어차피 고생길이 훤한데 꼭 가야만 하는
지, 이런 답도 없는 얘기를 남편과 나누느라 많이 지쳐 있
었다. 때마침 남편이 면접이 잡혀서 한국에 들어갈 기회
가 생겼다. 나도 따라가서 엄마를 보고 오겠다고 말했다.

"차도 없어서 기차 타야 하는데, 어떻게 아이 데리고 군
산까지 혼자 가겠다는 거야."
"오빠가 데리러 온대. 태워다 주고 또 서울로 바래다 준
다고 했단 말이야."

남편은 영어 면접을 앞두고 있어서 신경 쓸 게 많았다.
나와 아이가 옆에 있으면 오히려 방해가 될 거라며 나는 아
이를 데리고 친정에 다녀오겠다고 고집을 부렸다. 애초에
빠듯한 일정으로 한국에 들어온 거라서 사실 간다고 해도
하룻밤 자고 밥 두 끼 먹으면 끝이 나는 토막 시간이었다.
왔다 갔다 거리에 쏟는 시간과 불편한 자세로 차를 타는
피로감을 생각하면 무리가 맞았다. 그래도 엄마 얼굴 한
번 보고 싶고, 엄마가 만들어주는 밥 한 끼가 그토록 먹고
싶었다. 약속 시간에 맞춰 친정오빠가 차를 가지고 호텔

앞으로 왔다. 여섯 살짜리 둘째 조카와 같이 왔고, 우리 애를 위해 카시트도 준비해왔다. 아이들이 잠들고 막힌 길이 뚫리면서 오랜만에 오빠랑 얘기를 길게 나누었다.

성인이 되어 나는 서울로, 오빠는 포항으로 갔으니 얼굴 맞대고 진지하게 인생 얘기를 나눌 시간이 별로 없었다. 게다가 오빠는 다정한 편도 아니라서 내 쪽에서 가끔 연락을 해도 '무소식이 희소식'이라며 간단히 생사 확인만 했다. 그나마 오빠 근무지가 수원으로 바뀌면서 서울에서 한 번씩 보기는 했지만, 이내 내가 일본으로 떠나버렸다.

"엄마한테 아이 맡기고 너는 일본에서 대학원 마치고 돌아오면 안 돼? 기껏 공부해서 들어갔는데 너무 아깝잖아."

오빠가 나를 여전히 '나'로 봐주고 있다는 기분이 들어 울컥했다. 누군가의 아내이자 엄마이기 전에 자신의 동생이라서, 내가 더 잘 되었으면, 원하는 바를 이루었으면 하는 오빠의 바람이 고스란히 전해졌다.

피식 웃음도 났다. 오빠는 내 오빠이지만 또 누군가의 남편이기도 하다. 새언니가 이런 얘기를 자기 남편이 하고 있다는 사실을 알면 어떤 표정을 지을까?

어릴 때부터 오빠는 공부에 흥미가 없었다. 공고에 갔고 졸업 무렵에는 전문대학에 갈지 바로 취업해서 돈을 벌지 고민하다가 일단 군대에 갔다. 그러다가 직업군인으로 마음을 정하고 지금까지 군인 생활을 하고 있다. 자세히는 모르지만 새언니는 가사와 아이 돌봄을 제대로 분담해주지 않는 오빠에게 늘 서운함을 가지고 있는 눈치였다.

그런 오빠가 나의 학업을 본인 일처럼 아쉬워하며 방법을 찾아보자는 얘길 하고 있는 것이다. 그것도 비행기에 기차, 입출국 수속, 공항에서 고향 집까지의 이동거리까지 계산해 족히 12시간 이상이 걸리는 친정에 아이를 맡기라는 얘길 하면서 말이다.

남편이 알면 서운해할 테지만 이야기를 들으며 사이다를 마신 듯 속이 다 시원했다. 남편과 아이를 빼고, 나만 바라보며 이 문제를 고민하는 사람이 이 차 안에 같이 있다. 황금 같은 주말에 아내와 큰딸을 내팽개치고 작은딸 하나만 데리고 와서는 긴 시간, 내 기사 노릇을 자처하면서. 새언니의 기분은 지금 이 순간, 왠지 별로일 것 같아서 미안했다.

"에이, 어떻게 그래. 엄마도 힘들고 아이, 엄마, 아빠 셋이 다 따로따로 지내는 건데. 그렇게까지 해서 공부를 마치는 건 너무 억지잖아."

셋 다 행복할 길을 찾고 싶은 거지, 셋 다 불안해질 방법을 택하고 싶지는 않았다. 그래도 지금처럼 전적으로 내 입장만 생각하고 위해줄 누군가의 말이 필요했던 건지도 모르겠다. 남편도 내가 학업을 마치고 싶다면 어떻게든 졸업할 때까지 버텨보겠다는 말을 했었다. 그런데 친정오빠가 하는 말과 왜 그렇게 무게감이 다른지. 오빠의 말 속에는 '너만 생각해, 이 헛똑똑이야!' 하는 의미가 담겨 있어서 그런 건가?

＊

아무래도 남편과 너무 많은 것이 엮인 것 같다. 삶의 터전도, 한 생명이라는 교집합도, 해외체류 비자까지 세트로 묶여 있다. 그래서 더욱 전적인 희생을 상대에게 요구하고 싶지도, 요구받고 싶지도 않다.

길지 않은 인생을 살면서 몸서리칠 정도로 자주 깨달은 것은 '적당히'가 가장 어렵다는 사실이었다. 적당히 도모하려고 할수록 길은 더 아득해, 보이지 않는다. 단순하게 생각하고 정면 돌파하는 게 정신은 없을지언정 지름길일 때가 있더라.

오빠와 드문드문 사는 얘기를 했다가 잠시 침묵이 이어지기도 했다. 그러다 친정에 도착하고 원 없이 엄마 밥을 떠먹었다. 임신과 출산, 1년 남짓 아이를 돌보면서 처음으로 먹는 엄마 밥이었다. 오빠와 아빠가 아이를 봐주는 동안 처음으로 밥을 편하고 느리게 먹었다. 이런 포근함을 자주 느낄 수 있다면 한국에 들어오는 것도 괜찮을 것 같다는 생각이 문득 들었다.

자라는 동안, 쓸데없이 책상에 앉아 공부를 한다며 엄마는 자주 버럭 했다. 아마도 여자가 공부해도 별 볼 일이 없으니, 애초에 내가 '가방끈이 긴 여자의 미래'에 기대를 품지 않았으면 했던 것 같다. 반면 가난으로 학업을 이어가지 못했던 아빠는 내가 당신 머릴 닮았다며 내심 대리만족을 느꼈다. 고등학교 시절, 품행이 단정치 못했던(나중에 정신을 차렸지만, 오빠가 좀 놀았다) 오빠도 오랫동안 친구들에게 나를 자랑하고 다녔다. 동생이 시험에서 몇 등 했다, 서울로 대학 갔다, 졸업하고 책 만드는 일 한다, 결혼하고 유학 갔다, 일본에서 대학원에 들어갔다…….

나는 친정에서 그런 존재다. 나에게는 내 삶이 그저 그렇고 평범하기만 한데, 가족들은 내가 특별하다고 말한다. 가족들이 가보지 않은 길을 유일하게 걸어본 사람, 샘이 날 때도 있지만 언제나 자기 길을 개척해서 성실히 걸어가서 대견한 아이, 그래서 더는 말리지 않고 무작정 응원하기로 한 우리 집 딸내미.

일본에서 지내는 동안, 사람들이 보고 싶은 대로 우리 세 식구를 규정하는 것에 조금은 지친 부분이 있었다. 가족이나 가까운 지인들은 항상 우리의 기반이 기울고 있음을 걱정하는데, SNS로 짧은 글과 사진만 보는 사람들은 우리가 감내하는 아픔과 노력, 겪고 있는 곤란은 알지 못한 채 멀리서 본 우리 모습을 마치 복에 겨운 상태로만 바라보는 것 같았다.

한국으로 돌아가고자 하는 마음이 유난히 무겁게 느껴진 이유 중 하나는 그런 시선들 때문이었다. 미처 끝내지 못한 학업이나 남편의 일은 대수롭지 않은 변명으로 끝이

나고, 결국 우리가 한심한 사람들이 될까 봐 걱정했다. 그래서 또 누군가가 우리 가족의 삶을 행복 혹은 불행이라는 단어로 정의한다면 굉장히 아플 거라고 예상하며.

엄마 밥을 먹으면서 약간은 홀가분해졌다. 마주쳐야 할 다른 이의 시선보다, 가족들이 언제나 같은 자리에서 우리를 기다리고 있다는 사실이 더 크게 다가왔다. "やるべき事は目の前にある。" 꼭 해야 할 일은 눈앞에 있다는 말이다. 결국 내가 할 수 있는 일도 그거 하나였다. 꼼수 부리지 말고, 흘러가야 하는 상황이라면 그저 흘러가기.

친정에서는 24시간도 채 머물지 못했다. 말이 없는 아빠와 오빠, 그저 많이 먹으라는 얘기만 하는 엄마 옆에서 오랜만에 잘 쉬다가 왔다. 돌아와서 남편을 만나자마자 밝게 웃었다. '왜 또 나에게 이런 일이 일어난 거지?' 하는 생각은 수그러들었고, 명료하게 현실을 마주할 힘을 얻어서 내 자리로 돌아왔다.

이 남자의
우기는 눈물

○

=========================
=========================
─────────────────
─────────────────

참으로 기묘한 날씨였다. 차창 밖 하늘로 시선을 던지면
불과 1킬로미터 남짓 떨어진 부근은 뭉게구름이 몽실 떠
있는데, 내가 탄 버스 위로는 먹구름이 몰려와 우르르 쾅
쾅 굵은 장대비를 한바탕 쏟아냈다. 곧 내려야 할 정류장
인데, 우산을 쓰고서도 쫄딱 젖은 사람들을 보니 우산도
없는 내가 버스에서 내려 비바람을 맞으면 어떤 꼴이 될지
상상이 갔다. '으아, 내리기 싫어.' 졸업한 교토 전문학교에

들러 졸업증명서와 일본어 전문사 자격 서류를 찾아 돌아오는 길이었다.

교무과에 들러 서류를 받고 돌아서려는데, Y 선생님이 인사를 나누고 싶어 한다며 잠시만 앉아서 기다려달라고 했다. 10분 정도 지나자 선생님이 오셨다. 귀국 얘기를 들었다고, 어떻게 된 거냐고 물었다. 남편은 아직 면접을 보는 와중이지만, 마땅한 말이 떠오르지 않아 반쯤 거짓말을 섞어 한국에 좋은 일자리가 났다고 둘러댔다. 그 뒤로는 역시나 예상했던 질문이 나왔다.

"대학원은 그럼 어떻게 되는 거야?"
"아…… 저는 아무래도 자퇴를 해야 할 것……."

대답도 마치지 못했는데, 다 마른 줄 알았던 눈물이 그 잠깐을 참지 못하고 흘러나왔다. 닦고 또 닦아도 멈추지 않아 내심 당황스러웠다. 그녀는 내 입시 서류와 연구계획서를 검토해주고, 함께 면접 연습을 해주던 진학 담당 선생님이었다. 그때 나는 임신 상태였고, 대학원 시험장에 들어갈 때는 아기가 태어나기 3주 전이었다. 스승의 마

음으로 제자인 나를 응원했고, 같은 기혼 여성으로서 나의
입학을 진심으로 축하해줬다.

"이상하게 들릴지도 모르겠지만, 네가 우는 걸 보니 좀
기쁘다. 안심했어. 지금의 그 눈물을 잊어버리지만 않으면
돼. 한국에 돌아가더라도 길은 다시 찾으면 되는 거니까."

선생님과 나눈 대화를 생각하며, 빗속을 달리는 버스 안
에서 조금 더 앉아 있었다. 그렇게 교토 시내를 한 바퀴 더
돌고서야 집에 돌아왔고, 서둘러 어린이집에서 아이를 데
려와 평소처럼 저녁을 먹이고 씻기고 책을 읽어주다가 재
웠다. 아이는 한국에 간 아빠를 몇 번이나 불러대며 찾다
가 겨우 잠이 들었고, 나는 거실로 나와 다시 한 번 오늘 흘
린 눈물의 의미를 떠올렸다.

✳

나는 직장동료 결혼식에서 신랑, 신부가 입장하는 것만
봐도 눈시울이 붉어지는 눈물 많은 여자다. 하지만 이상하

게 남편 앞에서는 눈물과는 어울리지 않는, 꼬챙이 같은 말로 상대의 말문을 막아버리는, 냉정한 사람이다.

반면, 남편은 남자치고는 드물게 눈물이 많은 사람이다. 예능 프로그램에서 조금만 감동스러운 장면이 연출되어도 눈가가 촉촉해지고, 언젠가는 양희은의 〈엄마가 딸에게〉를 듣더니 "너무 슬퍼."라며 입을 삐죽이다가 어깨를 들썩이며 울었다. 무엇보다 가장 곤혹스러울 때는 싸우다가 모로 던진 내 말에 상처를 받아 눈물을 흘릴 때다.

귀국 얘기가 나왔을 때도 그랬다. 나는 언제나처럼 자분자분한 말투로 회사 생활을 견디지 못하는 남편의 나약함을 비난했고, 내 대학원 생활이나 경력을 하등으로 여긴다며 분노했다. 그리고 밖에서 쌓인 스트레스를 집으로 들고 퇴근하는 남편의 태도를 '유난함'으로 둔갑시켰다. 남편은 울었고, 옆방에서 술을 마시다 잠이 들었다. 부부싸움이라는 건 참 이상하다. 지면 약이 오르지만, 이기면 찝찝하다.

"언니가 남편을 너무 사랑하는 게 문제야."

집에 놀러 온 아는 동생이 말했다. 그녀 역시 대학원을

기쁨의 눈물은
잃어버리지만
않으면 돼.

마저 졸업하지 못하고 돌아가는 게 내게 너무 큰 손해라고 했다. 임신 후기, 몰려오는 졸음을 참으며, 점점 무거워지는 몸으로 어렵게 준비해 들어간 학교인 만큼, 막바지까지 달려 졸업장을 얻어 돌아갔으면 하는 아쉬움이 내게도 물론 있다.

하지만 나만 생각했을 때야 그렇지, 가족 전체를 두고 고민하면 일순위에 올려두기 곤란한 가정이다. 나는 열심히 공부를 하고, 남편은 그저 묵묵히 돈을 벌고, 아이는 이유도 모른 채 엄마, 아빠를 향한 그리움을 감내해야 한다. 이런 구조에서 가장 뒷전이 되기 좋은 건 결국 살림이나 육아가 될 테니, 우리 중 누구에게든 결핍은 생길 것이다.

지난 연애에서는 나도 누가 덜 사랑하고, 더 사랑하는 쪽인지 계산하는 사람이었다. 퍼주기만 하다가 제대로 보상도 못 받고 늙어가는 것만 같은 엄마를 떠올리면 응당 그래야 할 것 같았다. '사랑'이라는 이름으로 몇 개의 허들을 세우고, 상대가 그걸 뛰어넘는지 아닌지를 끊임없이 재곤 했다. 지극히 내 기준으로 마음이 시들어 먼저 등을 보인 사내도 있었고, 내 쪽에서 자격 미달이라며 밀어낸 상대도 있었다.

그런데 결혼을 해보니 그런 걸 생각할 여유가 없었다. 항상 나만 양보하는 것처럼 느껴지다가도 문득 나의 흠을 말없이 보듬으며 가고 있는 상대를 보면, 얼굴이 화끈거릴 정도로 생색내던 내 태도가 부끄러워진다. 그때 생각한 게 이런 거다. 상대에게 "남편이라면 이래야지"라고 말하기 이전에 사람 대 사람으로 이해할 범주인지 아닌지를 따져보자.

남편이 울다가 잠든 날, 나는 밤새 뒤척였다. "귀국 안 할거야. 나 대학원 졸업할 거야." 이렇게 으름장을 놓으면 남편은 매일 썩은 표정이긴 할 테지만, 최소한 회사를 그만두지는 못했을 것이다. 하지만 '귀국'이란 화두의 이 싸움은 주기적으로, 졸업하는 그날까지 이어질 가능성이 컸다. 언성 높이는 부모를 보며 아이는 불안한 상태로 자랄지도 모를 일이었다. 거기까지 굳이 왜 생각하느냐 묻는다면 어쩔 수 없다. 그건 또 과거와 미래를 오가며 걱정을 만들어내는 내 성격 탓이니.

연애 시절, 남편은 짜증을 잘 내지 않는 사람이었다. 상대가 황당하게 굴어도 웃어넘기려 했고, 악 앞에 악으로 대응하지 않으려 애썼다. 가령, 누군가 난폭 운전으로 우리 옆을 아슬아슬 비켜가도 "저 사람, 지금 화장실이 급한 거야." 하며 웃었고, 내가 서운함 때문에 몇 시간째 가시 돋은 말을 해도 동공이 커진 눈만 껌뻑껌뻑 감았다 뜰뿐, 되받아치는 시늉도 하지 못했다.

하지만 나는 이 사람과 살면서 싸움의 기술이 늘었다. 상대의 약점을 툭툭 건들고, 허점이 보일 때 잽을 날린다. 남편이 질 수밖에 없는 싸움에서 그가 눈물을 택하면(본인의 선택이 아니라 반사작용일지도 모른다) 결과는 뒤집힌다. 신장 180센티미터에 달하는 건장한 남자가 나 보기 창피해 얼굴을 가리고 울면, 나는 그제야 독기를 뺀다. 병준이가 약까지 주는 모양새로 같잖은 위로를 한다.

"나는 오빠가 이거 하나는 명심해줬으면 좋겠어. 남녀는 불평등해. 특히 결혼하고 아이가 태어나면 더 그렇지. 그래도 '원래 불평등하니까 너도 그냥 참고 살아'라는 말은 하지 마. 적어도 나를 가여워는 해줘야지. 인간 대 인간으로. 오빠가 나의 꿈과 경력을 응원하고 지지해줘야 하는 것도 다 그런 이유야."

같이 결정한 문제를 곱씹고 딴소리를 하면 남편은 또 뒷목을 잡을지도 모른다. 그러니 귀국 문제에 대해 나도 더는 뒤돌아보지 않을 것이다. 하지만 선생님 앞에서 흘러나온 내 눈물의 의미는 여전히 아리송하다. 교토 생활을 끝마치는 게 아쉬운 건지, 아니면 정말 학교를 그만둬야 하는 게 속상한 건지. 사실은 아이를 돌보면서 '대학원생'이라는 구실 좋은 타이틀과 소속이 생겼다는 것에 내심 안도감을 느꼈던 것도 같다. 끊긴 내 경력과 다음 경력 사이에 '전업맘'이 아니라 '대학원생'이 끼어 있으면 어쩐지 징검다리 같아 보였으니까.

하지만 Y 선생님의 말처럼 결혼을 하면 모두를 위한 타이밍을 잡아야지 어느 한쪽으로 치우칠 수는 없는 노릇이다. 저쪽이 안정이 되어야 나도 마음 편히 뭔가를 시도할 수 있고, 서로 박자를 맞추지 못하면 각자 피부 밑으로 고름을 쌓게 된다. 말하자면 이인삼각 경기(이제는 삼인사각)처럼. 게다가 우리 둘 사이에는 아무런 악의 없이 웃으며 밥그릇을 휙휙 던져대는 막무가내 아이도 있다. 이 아이의 거취가 정해져야만 두 사람 모두 사회에 발을 디디는 게 가능해진다.

남편에게 오늘 월세 계약을 했다는 연락을 받았다. 누구 하나 떨어뜨리고 갈 수 없는 삼인사각 경기 출발선에서 다시 한 번 호흡을 가다듬는다. 어디에 있든지 우리는 '하나 둘, 하나 둘' 구령에 맞춰 움직여야 하니까.

사랑이
진한 우정 같기만 해도
좋겠다

지지난 겨울, S가 나를 보러 오사카에 왔다. 정확히 말하자면 통제 불가능한 어린 두 아들과 남편을 끌고 가족 여행이란 그럴싸한 구실을 만들어 하늘을 가르고 내게로 왔다. S는 스무 살에 처음 사귄 서울깍쟁이, 말 그대로 나의 첫 서울 태생 친구이다.

서울에 막 올라왔을 때 나는 기숙사에 들어가기 전까지 고모 집에서 지내며 친척들이 다니는 교회에 등록을 했다.

학교와의 거리도 멀지 않아서 학교 주변보다 교회 주변(동대문구 이문동)을 더 자주 쏘다녔는데, 학교를 다니고 취업을 하는 동안에도 거의 동대문구와 중랑구, 노원구 일대를 주 무대로 살았다.

S는 그 교회에서 만난 동갑내기 친구다. 아담한 키에 귀여운 눈웃음을 지닌 이 아이는 예쁘장하게 자신을 잘 가꾸어 어딜 가도 눈에 띄었다. 하지만 도도한 행동과 톡 쏘는 말투, 다른 사람 눈치 같은 것은 평생 본 적 없을 것 같은 거침없음이 조금은 무례하게 느껴졌다. 시간이 아무리 지나도 친해질 일이 없을 거라고 생각했는데, 어느 날 갑자기 우리는 붙어 다니게 되었고, 사족을 못 쓰는 사이가 되었다.

15년을 넘게 만나고 알아가면서 우리는 치명적인 서로의 흑역사를 줄줄 꿰는 사이로 발전했다. 하지만 S는 한 번도 내 허물을 약점 잡아 말한 적이 없으며, 나를 무시하는 듯한 그 어떤 발언도 하지 않았다. 밑천이 없는 내가 스스로를 초라하게 느낄 때에도 애지중지 아껴주고 존경해주는 그 따뜻함이 좋았다. 그건 내가 S의 팔 안으로 들어간 사람임을 뜻했다. (실제로 S는 팔 안에 들어온 사람들은 확실히 챙기고 무한 애정을 쏟는 반면 그 밖에 있는 사람들에게는 관심도 없다. 아주아주 쿨한 여자다.)

두 가족 모두 오사카성 부근에 숙소를 잡았다. 우리 가족은 겨울인 데다 돌도 안 된 아이를 데리고 움직여야 하니 1박 2일로, S네 가족은 3박 4일로 일정을 잡아 우리보다 하루 먼저 도착했다. 12월 중순, 금요일에 남편이 출근하자마자 나갈 채비를 했다. 남편은 퇴근하고 곧장 오사카로 넘어오기로 했다. 유모차에 아이를 앉히고 날이 추워 방한 커버도 씌웠다. 여행용 짐 가방을 손목에 낀 채 낑낑거리며 유모차를 밀었다. 그렇게 험난한 여정을 감당하면서까지 S를 만나고자 했던 이유는, 마음에 쌓인 낙담을 어떻게든 풀고 싶었기 때문이다.

균형 잡기 힘든 순간마다 돌아보면 늘 S가 있었다. 평범한 듯 보였지만 우리는 각자의 환경으로부터 물려받은 결핍(그것은 애정일 수도 혹은 경제적 부족일 수도 있다)이 있었다. 성인이 되어 겪는 다양한 관계로 감정 소모를 겪을 때마다 우리는 자주 씩씩거렸고, 만나서 오랫동안 이야기를 나누었다. 그러면 신기하게도 다음 걸음을 뗄 수 있는 작은 힘이 생겼다.

S가 특별한 조언을 해주거나 내 갈 길을 제시해줘서 그

녀를 붙들었던 건 아니다. 오히려 S는 뭔가를 말하기보다 조용히 들어주는 편이었고, 마치 자기가 그 상황에 처한 사람처럼 최선을 다해 내 입장에서 고민했다. 그렇다고 우리가 꼭 닮은 성격인 것도 아니다. 성향도 습관도 극과 극에 가까웠지만, 서로의 다른 사고를 들여다보고 경청하는 게 즐거움이기도 했다.

누군가의 위로는 때때로 경솔하거나 어쭙잖기도 해서 받는 사람이 더 어색할 때가 있는데, S와의 관계에서는 그런 적이 거의 없는 것 같다. 내가 S에게 어떤 친구인지는 여전히 잘 모르지만, 우리가 서로를 좋아하고 서로의 이야기를 진지하게 들어주는 몇 안 되는 사이라는 것만은 분명히 인지한다. 살다가 바빠서 어쩌다 한 번씩 연락을 하게 된다고 해도 말이다.

그 겨울, 나는 아이를 돌보며 외주로 번역 아르바이트를 하고 있었다. 예전 직장 동료나 선배들이 내 사정을 십분 고려해 넉넉한 일정을 주었지만, 아이가 낮잠을 잘 때 혹은 아예 깊은 밤잠에 빠졌을 때에나 책상에 앉을 수 있는 상황이었기에 과정이 무난했다고는 말하지 못하겠다. 나는 밤 10시면 잠자리에 들어야 다음 날 컨디션에 지장이 없는 사람인데, 12시를 훌쩍 넘긴 뒤에야 잠을 자니 매일 피로했다. 게다가 그 즈음 아이는 아침 6시가 넘으면 먼저 깨어나 툭툭 치며 일어나라 보채곤 했다.

그런 하루는 반복되었다. 세 끼의 밥과 두 번의 간식, 청소, 빨래, 저녁 준비, 애 재우기(당시 남편은 아이 씻기기, 퇴근 후 놀아주기, 생필품 장 봐오기, 쓰레기 분리수거 등을 담당했다) 등 초보 엄마의 일은 끝이 보이지 않았다. 사실 남편이 매일 저녁을 차리라 요구한 건 아니다. 그럼에도 그걸 안 하면 내가 직무 유기라도 범하고 있는 듯 느껴졌을 뿐.

당시 가장 큰 스트레스는 아이를 재우는 일이었다. 씻기고 재우려고 같이 누우면 아이는 엎치락뒤치락은 기본이고, 내 몸에 여러 번 올라탔다가 내려갔다. 엄마 머리끄덩이를 잡아당겼다가 급기야는 잠을 쫓으려고 자기 얼굴이나 머리를 손바닥으로 찰싹찰싹 때리는 아들 녀석 때문에 솔직히 매일 밤이 버거웠다.

아이를 재우기까지 평균 한 시간 반 정도 소요되곤 했는데, 내 머릿속은 '하아, 이 시간이면 번역을 몇 장은 더 했을 텐데……' 하는 생각으로 가득 찼다. 그러면 또 문 밖 거실에서 쉬고 있을 남편이 마구 미웠다. 사실 남편도 마냥 쉬고 있는 건 아니었다. 미처 정리하지 못한 장난감을 치우고 설거지를 마친 뒤 나를 기다리며 영화나 뉴스를 보고 있는 정도였다. 하지만 그때 그 상황에서는 내가 가장 시간이 없고 불쌍한 사람이 되는 듯 느껴졌다. 몇 번인가 하소연도 해보았지만, 남편은 실로 단순하게 대답했다.

"그러게, 못할 것 같으면 일 받지 말라고 했잖아."

✳

체크인을 하고 오전 여행 일정을 마치고 돌아온 S네 가족을 근처 식당에서 만났다. 각자의 아이들을 먹이고 챙기면서도 우리는 신이 나서 그간 밀렸던 수다를 이어갔다. 솔직히 지금 생각하면 S의 남편 Y에게 너무 미안하다. 우리는 옆에 아무도 없는 것처럼 들뜬 상태였기 때문이다. 남편이라도 같이 있었으면 어색함이 덜했을 텐데, 그이가 퇴근하고 오사카로 넘어오려면 반나절은 더 지나야 했다.

우리가 짠 일정의 하이라이트는 매년 연말 오사카성 옆 공원에서 열리는 조명 축제(일루미네이션)였는데, 반짝이는 조명 설치물이 아이들의 시선을 사로잡기에 꽤 괜찮은 아이디어였다. 조금씩 터울이 있는 세 명의 아이들은 생각보다 다툼 없이 잘 지냈다. 행사를 다 보고 저녁까지 먹고 나서야 남편이 호텔에 도착했다.

다 같이 모여 얘기를 나누다가 아이들 재울 시간이 되어 각자 방으로 가기로 했다. 그 호텔은 밤에 맥주와 라멘 제공, 호텔 온천 시설 이용이 서비스로 포함되어 있었는데, 남편들이 아이들을 재우겠다고 해서 무척 설렜다. 둘이 충분히 시간 보내라는 말이 끝나기가 무섭게 우리는 옷을 갈아입고 호텔 꼭대기 층에서 만났다.

그날 우리는 라멘도 먹고 맥주(안타깝게도 나는 수유 중이라 무알코올 맥주를 마셨다)도 마시고, 노천탕과 실내탕을 오가며 입 아프게 이야기를 나누었다. 1박 2일 동안 부지런히 구경도 많이 다닌 것 같은데, 뜨거웠던 '온천 수다'를 뛰어넘는 선명한 기억은 없다. 주제는 예상대로 두 집의 남편들이었다.

'사랑은 사랑하는 대상에 대한 수많은 추구, 갈등, 열망 등을 뒤따라오게 하지만 사랑 자체는 그것들 가운데 어느

것도 아니다.'

- 막스 셸러,《동감의 본질과 형태들》중에서

독일의 철학자 막스 셸러는 누구보다 사랑을 숭고하고 열정적인 감정으로 바라본 학자다. 사랑 그 자체와 사랑하는 동안 찾아오는 인간적 감정을 명확히 구분해야 한다는 게 그의 주장이었다. 그러면서 추구는 사랑의 본질이 아니라는 의견도 내놓았다. 하지만 S와 나는 그저 나약한 인간일 뿐이기에 남편들에게 뭔가를 추구하거나 또 추구받기도 하는 평범한 삶을 이어가고 있었고, 그로 인해 스트레스를 받았다.

대기업에 다니고 야근이 잦은 S의 남편 Y는 물리적으로 집안 대소사에 신경 쓸 시간이 항상 부족했다. 육아 휴직 중인 S가 아이 둘을 위해 하루를 모두 반납하는 게 당연시되는 구조였다. 우리 집 남자는 정시 퇴근에 회사와 집까지 거리도 멀지 않으니 가사와 육아의 많은 부분을 분담했지만, 정작 아내가 원하는 부분을 정확히 긁어주지는 못했다. 가끔은 꼼꼼하고 정확한 자신의 기준을 들이밀어 황당한 잔소리를 할 때도 있고.

우리는 장난삼아 "내가 자아를 찾지 않으면 모든 불화는 끝날 일"이라며 입을 모았다. 입은 웃고 있으면서도 속은 따가웠다. 스스로를 그런 식으로밖에 몰아갈 수 없는 상황이 답답했지만, 또렷한 방법이 있는 것도 아니었다. 사회적 체계에 무조건적으로 순응할 필요는 없다고 배우며 자란 S와 나에게는 모순이 아닐 수 없었다. 평화 협정을 위해서는 당사자 간에 조건 공유와 협상이 필수일 텐데, 이 중대한 얘기를 우리 둘이서 나누고 있다니.

형태도 상황도 아주 똑같을 수는 없는 결혼과 육아 이야기를 나누며, S에게 고마움을 느꼈다. "그래도 너는 나보다 낫지." 혹은 "야, 그게 무슨 고민이냐."와 같은 깎아내림도 없이 내가 어떤 부분에서 고민에 빠지고 상처 받았을지 먼저 살피는 그 마음이 참 따뜻했다.

사랑의 본질이 어떤 것이든 그것이 우정만 같았으면 좋겠다는 생각을 가끔 한다. 서로에게 남기는 상처는 최소화하고 공감은 최대치로 높일 수 있는 관계가 사랑이고, 그런 이상적인 상태를 오랫동안 지켜갈 수 있다면 나는 기꺼이 내 안에 자리 잡은 사랑의 정의를 다시 써내려갈 수도 있을 것 같다. 그때가 되면 막스 셸러처럼 현실 문제를 배재한 사랑 그 자체에 대해 더 깊이 고민해볼 수 있을까?

신은 내게 '사랑은 모든 것을 참으며 모든 것을 믿으며 모든 것을 바라고 모든 것을 견디는 것(고린도전서)'이라 알려주셨다. 신이 나를 그런 완전한 마음으로 사랑해주심에 늘 감사함을 느끼면서도 인간인 내게 그와 같은 성숙한 사랑을 실천할 수 있겠냐 묻는다면 자신이 없다. 그럼에도 여러 계명 중에서 꼭 실천하고 싶고, 상대에게도 요구하고 싶은 게 있다면 이 부분이다.

'사랑은 버릇없이 행동을 하지 않고 이기적이거나 성내지 않으며 악한 것을 생각하지 않습니다.'

상대에게 어떤 말이나 행동을 하기에 앞서 이 점 하나만 명심해도 관계는 더 밀접해진다. 그렇게 믿고 싶다. 그것이 진한 우정의 감정이라 해도, 동반자와의 깊은 유대감이라 해도 좋다. 몇몇 학자들이 주장하는 '모든 현실을 초월할 만한 사랑의 힘'이 발현될지 그 누가 알겠는가. 진심을 다해 친구의 이야기에 귀 기울이는 그 자세대로 부부의 삶을 이어갈 수 있다면 좋을 텐데.

운영공동체라는
아픈 말

이십대 초반, 나는 우울을 먹고 자랐다. 대학 진학으로 지방에서 올라와 막 서울살이를 시작한 얼뜨기. 서울의 모든 것이 놀라웠고, 서울에서 나고 자란 사람들의 또박또박한 말투를 듣고 있으면 괜히 진땀이 났다. 서울은 20년간 내가 겪어보지 못한 문화로 가득해서 한동안 얼떨떨한 기분으로 지냈다. 시간이 흐를수록 내가 가지지 못한 것만 보였고, 그 갈증이 모이고 모여서 우울이 되었다.

작은 창을 열면 몇 뼘 차이로 옆집의 붉은 벽돌이 닿던 고시원 방 한 칸에 살았던 적도 있고, 사별 후 항암치료를 하느라 날카로움과 예민함만 남은 어느 아주머니의 아파트에 얹혀 사는 하숙생이었던 적도 있다. 세탁기 사용을 못하게 하고, 남은 반찬을 다 섞어서 국을 끓여주던 하숙집에서는 이미 도망을 나온 뒤였다. 신경질적이었던 아주머니는 어느 날 갑자기 부동산에 집을 내놓고는 나를 포함한 네 명의 하숙생에게 나가라고 말했다.

사회 부조리를 정의로운 눈으로 판단하기도 전에, 돈 몇 푼으로 태도가 달라지는 어른들의 간사함을 먼저 경험했다. 누구에게나 출발이 같을 수는 없다는 세상의 이치를 깨달으며 날로 의기소침해졌다.

진짜 원했던 건 이런 게 아니었는데, 아름답지 않은 어른들의 세계를 끝도 없이 목격하면서 작고 볼품없던 나의 세계는 조금씩 허물어졌다. 학교 안에는 마음 나눌 친구가 없었고, 학교 밖은 내게 없는 것들로 가득했다. 나는 어두웠고, 현실을 푸념했다. 이런 무거운 마음 때문이었는지 '사랑이 있다면 이런 모양일까' 싶었던 사람마저 잃게 됐다. 마음이 건강하지 않으면 가지고 있는 것조차 놓친다는 걸 그때 알았다.

졸업을 하고 취업을 하면서 내 생활은 조금 나아졌다. 무엇보다 마음먹은 대로 살아지지 않는 세상이니 흘러가는 대로 두고 보는 연습을 하기로 했다. 놓쳤다고 생각했던 첫사랑과는 그 뒤로도 몇 번이나 만나고 헤어지기를 반복하며 좋았던 기억마저 망치는 연애를 이어갔다. 그러는 동안 우울은 냉소로 바뀌었다. 스물여섯 여름, 자신을 더는 기다리지 말라는 그 애의 말을 듣고, 나 역시 미련한 이 만남을 끝내기로 마음먹었다. 점점 일에 몰두했다. 새로운 사람을 만난 적도 있지만, 관계가 깊어질라치면 상대의 친절과 관심에 불편함을 느꼈다. 혼자가 편했고, 진지함보다는 가벼운 게 좋았다.

스물아홉, 남편이 내게 막 다가오던 시절에는 모든 게 더없이 좋은 상태였다. 보증금을 두둑하게 얹은 월세방이 있었고, 취미와 일의 균형도 찾아가고 있었다. 연애가 없어도 내 인생에 아무 문제가 없는 무결점의 나날. 혼자였지만 혼자인 게 좋았다. 혼자서 극장에 가는 것도, 혼자서 카페에 들러 커피와 케이크를 주문해 맛을 음미하며 읽고 싶은 책을 읽는 것도, 주말에 몰아둔 청소와 빨래를 한 뒤 추레한 몰골로 집에서 뒹굴뒹굴하는 것조차 '나답다'고 느꼈다.

연애 시절과 신혼 초만 해도 혼자이고 싶은 이 마음은 쉽게 사라지지 않았다. 결혼 전에는 종종 혼자 영화를 봤고, 결혼 후에는 단둘로 가득 차는 시간이 부담스러워 일부러 약속을 잡거나 야근을 했다. 남편은 나처럼 삐뚤어진 사람이 아니라 그랬는지 섭섭함을 솔직하게, 그리고 기분 나쁘지 않게 잘 표현했다. 나라면 아니꼬워 입을 닫았을 얘기도 먼저 꺼내주었다.

지금은 그 노력에 큰 고마움을 느낀다. 나다움이 유일한 자부심이었던 내가 그렇게 서서히, 남편에게 마음을 열었다. 7년이 흐른 지금, 남편과 나는 부부이자 가장 친한 친구로 아웅다웅한다.

그런데 아이를 낳고 둘에서 셋이 되고 보니 혼자일 때의 안락함을 다시 그리워하는 내가 보인다. 내 신경이 온통 남편과 아이에게 몰려서 좋아하던 취미들이 하나둘 사라져 가고 있음을 느낄 때, 고요하게 쉬고 싶은데 아이가 빽빽 소리를 질러 아무 생각도 할 수 없을 때, 남편 퇴근 시간만 기다리며 하루를 버티고 있음을 깨달을 때…… 톡 쏘는 맛조차 없는 맹숭맹숭한 술처럼 텅 빈 사람이 되고 있는 것 같은 허전함이 몰려온다.

'내가 잘 살고 있는 건가? 무리하고 있는 건 아닐까?'

✳

아이가 백일이 갓 지났을 무렵, 남편이 퇴근 시간이 다 되어 들를 곳이 있다고 연락을 한 적이 있다. 평소보다 한 시간이나 늦게 귀가한 남편을 붙잡고 볼멘소리를 늘어놓았다. 남편은 누가 들으면 커피라도 한 잔 마시고 온 줄 알겠다며 성을 냈다. 한 시간 동안 부리나케 일을 처리하고 온 남편은 그 말을 증명하듯 땀범벅이었다.

"오빠는 그래도 바람 스치는 것도 느끼고 하늘이라도 보잖아! 난 그렇게라도 걷고 싶다고!"

나는 엉엉 울었다. 이제 아이라는 혹이 붙어 있어서 도무지 앞으로 나아갈 수 없는 사람처럼 절망하며 울었다. 절망을 품었다는 사실이 아이에게 미안해서 또 한참을 울

그럼에도 불구하고
나는 희망을 놓지 않는다.

었다. 내가 나를 생각하는 것이 이제는 미안함과 죄책감이 된다는 사실이 낯설었다.

여러 날이 지나면서 아이는 18개월이 되었고, 나는 나대로 '엄마'라는 위치의 책임을 늘 기억하려 노력한다. 운명을 함께 개척해나갈 '가족'이라는 테두리 안에서 내가 할 수 있는 일을 찾으려고 고민한다. 읽고 쓰는 삶을 지향하는 궁극적인 이유도, 결국은 아이가 자라는 것을 바라봄과 동시에 나다움을 만끽할 접점을 찾고자 함이다.

혼자일 때는 혼자인 게 좋으면서도 실은 조직의 소속감을 좋아했다. 내가 속해 있는 어떤 사회적 울타리 덕분에 감히 혼자여도 즐겁다는 말을 할 수 있었던 것도 같다. 편집자라는 직업이 그렇더라. 혼자 책임지는 영역이 있으면서도 결국은 공동 작업이라서, 한 권의 책을 마무리했을 때 구성원이 다 같이 느끼는 성취감이 있다.

고독하지 않았던 그 시절, 어쩌면 나는 일과 연애를 했던 건지도 모르겠다. 서른이 넘어서인지, 아니면 결혼을 해서인지, 그것도 아니면 너무 바빠서일까? 어쨌든 나를 집어삼킬 것 같았던 그 시절의 우울과 냉소는 거의 사라졌다. 그래도 나를 돌아볼 틈이 없다는 건 그것대로 슬픈

일이다.

가족이라는 굴레를 진지하게 생각하다 보면 어릴 적 여러 번 보았던 영화, 찰리 채플린의 〈모던 타임스〉가 떠오른다. 짤막한 장면 장면이 쉴 새 없이 이어지고, 채플린은 목적 없이 바쁘게 움직인다. 그는 굉장히 성실한 사람이지만 어찌 된 일인지 잘되는 일이 없고 실수만 연발한다. 가끔은 그 톱니바퀴에 눌려 납작해지는 게 마치 내 일인 것처럼 생생하다.

시계탑 너머로 거대한 톱니바퀴 여러 개가 맞물려 돌아가는 동안, 나도 채플린처럼 바쁘고 분주했다. 아이를 어린이집에 맡기고 대학원에 다니는 동안, 나는 1초에 서너 걸음씩, 60초에 이백 걸음을 걷는 기분으로 살았다. 집에서 어린이집으로, 어린이집에서 학교로, 학교에서 동네 마트로, 마트에서 어린이집으로, 어린이집에서 다시 집으로. 남편이 한 시간쯤 늦게 귀가한 그날, 어떤 마음으로 볼일을 마치고 집에 돌아왔을지 조금은 이해할 수 있을 것 같다.

챙겨야 할 게 너무 많을 때는 오히려 과거의 나를 그리워할 수조차 없다. 내가 나다움에 격하게 목이 말랐던 순간은 어이없게도 8월 여름휴가 때였다. 남편의 회사는 열흘간 쉬었고, 나는 기말고사를 마치고 본격적으로 여름방학을 맞이했다. 제법 긴 휴가를 셋이서 어떻게 보낼지 부푼 고민도 해봤지만, 휴일이 하루하루 지날수록 혼자였던 나를 그리워하기 바빴다. 세 식구의 끼니 걱정은 방학도 휴가도 없었기 때문이다. 더운 여름날, 밥 짓느라 힘겨워 보였는지 남편의 제안으로 셋이서 짧게 여행을 다녀왔다. 하지만 사고뭉치 아들 녀석 뒤꽁무니만 쫓다가 금세 피로해졌다.

남편은 내 눈치만 살피다가 허둥지둥 나를 카페로 데려 갔다. 가토 쇼콜라와 커피를 주문하고, 내가 그것들을 먹는 동안 아이를 봐줬다. (남편은 내가 케이크만 먹으면 다 괜찮아지는 줄 안다.)

'하아, 이 케이크와 커피 한 잔으로 또 기분을 풀어야겠지? 내가 생각하던 휴가는 이런 게 아닌데.'

나의 운명공동체는 이제 '가족'이지만, 그걸로 너무 많은 것이 바뀌었다. 가족이란, 일하는 사이보다 맺고 끊음이 더 애매해서 아무리 힘에 부쳐도, "이건 제 일이 아니에요."라는 말을 함부로 할 수 없다.

집안의 모든 일은 내 일이자 남편의 일인 셈이다. 그래서 '더는 못 한다'고 말해도 내가 거부한 일을 이어받아줄 주자가 없다. 그것이 양육이든, 살림이든, 가정 경제든 매한가지다. 서로의 상태를 그때그때 체크하며 본인이 할 수 있는 것에 능동적이 되어야 그나마 집안이 우습지 않게 굴러간다.

그럼에도 불구하고 나는 희망을 놓지 않는다. 언젠가는 과거의 그날처럼 내가 가고 싶은 장소에 가서, 홀로 조용히, 늦장 부리며 아침을 맞이할 것이다. 배가 고프지 않으면 아침은 건너뛸 예정이다. 미리 알아본 카페나 레스토랑에 가서 음식을 주문하고, 예전의 나처럼 30분 넘게 음식을 꼭꼭 씹으며 천천히 식사를 할 것이다.

바닷길이나 숲길을 걷기도 하고, 동네의 작은 책방에 들러 종이책 냄새를 킁킁 맡으며 읽고 싶은 책도 한 권 살 것이다. 밤에는 언제나처럼 보고 싶은 이의 얼굴을 떠올리며, 자그마한 엽서에 내 근황을 써 내려가야지. 여행이 끝나는 그 길, 빨간 우체통에 엽서를 집어넣고 다시 일상으로 돌아오면, 나는 가족들에게 더 잘 웃어주는 내가 될 수 있을 것 같다.

아무리 뜯어봐도
우린 참 달라

국제이사,
두 번은 못 할 짓

남편과 나는 신을 믿는다. 신의 가호 아래 30여 년, 각자의 인생 앞에 놓인 돌부리에 걸려 넘어지고 깎이다가 조금은 둥그스름해졌을 때 서로의 존재를 알아챘다. 크게 닮은 부분이 없음에도 끌려서 결혼을 했고, 신의 축복으로 새 생명까지 태어나 제법 수선스러운 나날을 보내고 있다. 같은 시간 안에서 다른 기질의 세 사람이 박자를 맞추며 내일을 좇는 삶이란 얼마나 말도 많고 탈도 많은지.

가장 먼저 우리 셋은 속도가 다르다. 남편은 기차처럼 빠르고 시간 개념이 칼 같은 사람이다. 반면 나는 느긋하기로는 알아주는 성격에, 건전지가 거의 닳은 시계처럼 머뭇거리는 순간이 많다. 우리 아이는 잘은 모르겠지만, 엄마인 내가 볼 때 성격은 급하나 아직 몸도 마음도 잘 따라주지 않아 자기가 가장 답답한 상태이다. 남편은 원치 않아도 꾸물대는 두 사람을 늘 기다려야 하는 입장이다. 하지만 슬프게도 내가 아는 한, 우리 집 남자는 기다림에 능숙한 사람은 아니다.

성경에 등장하는 야곱이란 인물은 약삭빠르게 이익을 계산하고 행동하는 사람이다. 형을 속이고 야반도주해 삼촌 댁에 머물며 가축 돌보는 일을 하는데, 번번이 약속을 지키지 않는 삼촌에게 크게 한 방을 먹이고 처자식(아내 둘은 모두 삼촌의 여식)을 데리고 또다시 도주를 일삼는 인물. 하지만 야곱이 하는 일은 대체로 승승장구다. 고용주 입장에서는 일도 잘하고 수익도 곧잘 내니 탐이 나는 인재일 것이다.

나는 가끔 남편에게서 야곱의 기질을 본다. 누군가와 대화를 나누는 잠깐 동안에도 머릿속으로 그 사람이 자신을 밉보고 있는지 아닌지를 생각하고, 관계 안에서 신망을 두텁게 하려면 어떻게 행동해야 하는지를 본능적으로 알고 움직인다. 그러면서도 간사한 성격은 못 되어 입바른 소리를 하다가 적을 만들 때도 있다. 이 사람은 기본 애티튜드를 잘 지키는 것만큼 중요한 게 없다고 생각한다. 그것이 결국 시간 약속을 잘 지키는 평소 행동으로 이어지는 듯하다.

연애할 때부터 남편은 나를 기다릴 일이 많았다. 남편은 8시 출근, 5시 퇴근에 월말 마감 업무를 담당해서 남은 일의 부채감을 크게 느끼지 않고 회사 문을 나섰다. 하지만 나는 1년에 6권 정도의 책을 마감해야 하는 편집자라, 저자가 원고를 늦게 준다거나 외부 미팅, 감리 일정 등이 잡히면 자연스레 시간에 쪼들려 야근을 했다. 우리는 주로 남편이 야근한 나를 집에 데려다주는 방식으로 짬짬이 데이트를 즐겼는데, 그때 이 남자의 독특한 '쪼'를 발견했다.

"몇 시쯤 일 끝날 것 같아?"

"음, 두 시간 정도만 하고 가려고."

"내가 데리러 갈까?"

"히히, 그래!"

정확히 1시간 40분이 지나면 남편은 내게 문자를 보낸다. 두 정류장 지나면 역에 도착한다고. 그 말은 슬슬 정리해서 역으로 나오라는 의미였다. 회사에서 역까지 도보로 15분 거리였기 때문이다. 처음에는 그 신호를 알아채지 못해서 남편이 회사 앞까지 오면 부랴부랴 가방을 가지고 나갔는데, 몇 번씩 같은 이유로 다투다 보니 나중에는 남편과의 약속에 늦지 않는 내가 되었다. 물론 나란 사람은 미리 가서 기다릴 위인은 못 되고, 약속 시간에 꼭 맞게 도착했다.

이제는 추억으로 남은 실랑이지만, 남편은 여전히 나와 밖에서 만날 때면 미리 예고 독촉 문자를 수시로 보낸다. "나 어디쯤 왔어." "몇 분 있으면 어디 지날 거야. 넌 어디야?" 심지어 집에서 버젓이 기다리고 있는 사람에게도 이런 메시지를 남긴다. "5분 후 도착." 이 말은 5분 후 도착하니 슬슬 식탁을 차려도 좋다는 뜻이다.

나의 경우, 성경 속 기드온을 볼 때마다 동병상련의 감정을 느낀다. 그는 용사 중에 용사로 알려진 인물이지만, 실상은 겁이 많아서 천사가 나타나 축복의 약속을 들려줘도 몇 번씩 되물으며 의심을 거두지 못한다. 증거를 보여달라 며 천사를 상대로 실험을 하고, 신의 뜻을 알고 싶다며 양 털 솜을 땅에 두고 밤사이 이슬이 다른 땅은 다 그대로 두 고 이 양털만 적시게 해달라는 특이한 기도도 한다(어릴 적, 이런 비슷한 기도를 참 많이도 했다). 나는 기드온의 마음을 알 것 같다. 분명 돌다리도 두들겨 보고 건너는 세심한 사람 일 것이다. 나처럼.

＊

모험심 가득한 남편과 살다 보니 나도 전에 비해 담력이 늘었다. 덕분에 계획이 틀어져 번외경기가 펼쳐져도 '아, 그런가 보다' 하게 되었지만, 여전히 지나친 새로움은 당 혹스럽다. 뭔가를 결정하기까지 시간을 끄는 편이고, 약속 시간에 맞춰 준비를 하다가도 빠진 게 없는지 살피다 보면 늘 급한 마음으로 집을 나선다(궁색한 변명이지만 항상 지각 하는 사람은 아니다).

기다려야 하니 기다리지만, 기다림이 익숙지 않은 이 남자는 이번 주 내내 감정의 물결이 거친 파도와 같았다. 지난주 일요일, 김포공항에 도착해 바로 시댁으로 향했다. 하룻밤 자고 이튿날, 새로 구한 집으로 짐도 별로 없이 이사를 했는데, 집이 집답지 않아서 남편의 마음이 바빠 보였다. 일본에서 보낸 짐이 도착하려면 최소 2주는 걸린다고 하여, 여행용 트렁크에 간단한 집기류도 챙겨 오고, 입국전에 미리 냉장고와 가스레인지 설치까지 완료해둔 이 철저함. 이삿날에는 쌀과 냄비, 몇 개의 반찬통과 식재료, 청소도구까지 도착하게 인터넷으로 장까지 봐뒀다고 했다.

문제는 누구 하나 약속 시간을 지켜주지 않았다는 것. 마트 배송은 저녁 8시가 되어서야 도착해 결국 종일 외식을 했고, 아이의 의료보험 처리도 일주일 정도 걸린다는 대답이 돌아왔다. 고장이 난 베란다 등을 새로 설치해준다던 전기공은 아직까지 전화가 없고, 이사한 다음 날 바로 해결될 줄 알았던 인터넷 설치는 사흘이 지난 오늘에서야 끝났다. 옷을 넣을 수납함은 아직까지 '배송 준비 중'이란 문구만 뜨고, 흔쾌히 마무리된 일은 전입신고 정도 되시겠다. 아, 오늘 세탁기도 왔으니 빨래 문제도 해결.

아직은 집이 통째 빌린 게스트하우스 느낌이라서 나조

우리의
사이
평범해지게
해주세요.......

차도 대충 숙박을 하고 있는 기분이 들기는 한다. 약속 시간을 애매하게 둘러대며 피하는 사람들을 보고 있으면 한숨이 나오지만, 나는 마음이 화나 짜증 같은 부정적인 감정으로 차오르는 게 더 아까워 적당히 무시를 한다.

대신 할 수 있는 일에 집중하고 그것들로 작은 성취감을 얻는다. 이를테면 야무진 우리 아이 입으로 쏙 들어갈 밥을 짓고, 동네를 걸으며 앞으로 자주 가게 될 것 같은 공원이나 빵집을 기억해둔다. 그러면서 한편으로는 한국의 엄청난 취업난 속에서 나 혹은 남편이 무사히 근로자가 될 수 있을지 때때로 걱정한다. 하지만 걱정은 짧을수록 좋으니 긴 시간을 투자하지는 않는다.

문제는 남편의 감정이다. 나는 나쁜 감정의 전이를 극도로 싫어한다. 어두움에 매몰되어 순간의 작은 기쁨을 놓치는 건 어리석다고 여기기 때문에, 불평이 많은 사람의 말도 대충 흘려보내곤 한다. 하지만 남편의 화는 가장 가까이에서 느껴지는 감정이라 도무지 무시할 수가 없다. 어떨 때는 그의 성격을 잘 아니 짠하다가도, 이 투덜이를 계속 지켜보고 있으면 내 속에서도 뭔가가 욱하고 올라온다.

"아, 진짜. 적당히 좀 하지?"

정리해야 할 짐조차 없으니 하루가 길고 서로가 서로를 지나치게 의식한다. 우리 삶이 일상의 궤도에 오르려면 얼마나 시간이 흘러야 할까? 솔직한 마음을 말하자면, 나 역시 지금 처한 상황이 답답하고, 매일이 황당하다. 여행용 트렁크 위에 밥상을 차리는 게 헛헛하다가도 기가 차서 웃음이 나고, 넉넉하지도 않은 살림(결혼 7년 차)인데 벌써 세 번째로 가전을 마련하고 있는 현실이 코미디 같다.

가장 웃긴 건 이 와중에도 내가 남편을 믿고 있다는 사실이다. '하면 잘하는 사람'이라는 내 속마음이 그저 현실을 방어하려고 스스로 하는 세뇌인지, 아니면 남편이 진짜 그런 사람인지 알 길이 없다. 사람은 자기 일에 있어서는 객관적일 수 없다고 한다. 이 글을 쓰기 시작하면서 내가 아직도 남편에게 콩깍지가 씌어 있다는 사실을 깨달았다. 진짜, 지독한 사랑이 아닐 수 없다. 오늘은 이렇게 기도하고 자려고 한다.

"하나님, 하루빨리 우리의 삶이 평범해지게 해주세요."

다시 입사지원서를 쓰는 시간

'앞으로 네게도 수많은 일들이 일어날 테고, 그중에는 죽고 싶을 만큼 힘든 일이 일어나기도 할 텐데, 그럼에도 너라는 종은 백팔십 번 웃은 뒤에야 한 번 울 수 있도록 만들어졌다는 얘기다. 이 사실을 절대로 잊어버리면 안 된다.'

　　　　　　– 김연수,《네가 누구든 얼마나 외롭든》중에서

'또' 예상치 못한 일이 벌어졌다. 남편의 재취업이 거의 확정이라는 생각으로 한국에 들어왔다. 최종 결과만 기다리는 상황이었고, 유학을 떠나기 전까지 다녔던 회사에 같은 부서였기에, 인정에 기댄 채 잘못된 희망을 가졌던 것도 같다. 그런데 결국 낙방이란다. 잠시 회사에 섭섭한 마음을 품기도 했지만, 달리 생각해보면 남편과 내가 안일했던 게 맞다. 그러니 말도 안 되는 서운함은 잊기로 했다. 조금만 지나도 우리는 무슨 일이 있었냐는 듯 또 웃을 것임을 알고 있다.

경력직 취업 전선에 둘 다 뛰어들게 된 건 단순한 이유였다. 아이까지 딸린 독립된 가구가 부모에게 손을 벌리는 건 도리가 아니라는 생각이 둘 다 강한 편이다. 그럼에도 부모에게 아이를 맡기는 것조차 자기 역할을 외면하는 것(실제로 양가 부모님께 부탁할 만한 상황도 못 된다)이라는 죄책감이 들어 '맞벌이'를 선뜻 결정하기 어려웠다. 고심 끝에 우리는 되는 사람이 무조건 먼저 출근, 남는 사람은 아이가 내년에 어린이집에 입소해 적응할 때까지 주양육자가 되기로 했다.

밤이면 아이를 재우고 둘 다 노트북을 켰지만, '기필코 내가 먼저 취업에 성공하고야 말겠어'와 같은 다짐은 갖고 있지 않았다. 유학 때도 제대로 펼치지 못한 남편의 이상이 새로운 국면을 맞이하길 진심으로 바랐기 때문이다. 그리고 나는 지금처럼 종종 외주로 일을 받아 하면서 아이를 돌보는 게 자연스럽다고 생각했다.

'아이가 어린이집에 잘 적응하면 번역 아카데미 같은 데에 다녀볼까?' 하는 생각을 자주 했는데, 오래 방치해둔 이력서와 자기소개서 파일을 다시 열게 될 줄이야. 4년 유학 생활을 그럴싸하게 표현할 공간이 자기소개서에는 없어 보였다. 경력 중심으로 기술을 해야 하는데, 내 유학을 경력이라 주장하기에는 어딘가 억지 같았기 때문이다. 대학원 공부도 하다 말았고, 어학 시험 결과표도 기간이 아슬아슬했다.

남편도 막막하기는 마찬가지. 그동안 여러 나라에서 일을 했어도 남편 업무의 접점은 옷이었다. 그런데 일본에서 어학원을 졸업하고 비자를 위해 들어간 회사는 세탁기 연구소였으니 그 거리감을 좁히는 게 쉽지 않다고 했다.

"오빠 그럼, 아예 취업지원 과정 지원해보는 게 어때? 기술 배우고 싶어 했잖아."

내 독려에 힘입어 남편은 정부에서 지원하는 취업 프로그램에 몇 개 지원하고, 경력 관련 직군에도 원서를 넣었다. 나는 애매한 이력서와 자기소개서를 애써 포장해 출판사 몇 군데에 입사지원 메일을 보냈다. 그리고 우리가 할 수 있는 유일한 일, 기다림의 시간을 보냈다. 아이를 데리고 식물원에도 가고, 친정 및 시댁 식구들도 자주 만나고.

✳

부모가 된다는 것이 얼마나 신기한 일인지도 가끔 떠올렸다. 유태계 프랑스 철학자(홀로코스트의 생존자이기도 하다) 에마뉘엘 레비나스는 존재의 이유와 시간의 유한, 죽음 등에 관해 오래 연구한 학자다. 그가 설파한 모든 내용이 쉽게 이해되는 것은 아니지만, 존재와 사랑, 타인과의 관계, 생산성(출산)의 신비를 논한 내용들은 꽤 설득력이 있다.

인격적이고도 동등한, 진정성이 깃든 상호 관계를 중시한 그의 이론 중에서 부모가 되어 더 마음이 움직인 부분은 바로 이런 내용이다.

'얼굴은 나의 입장과 위치와는 상관없이 스스로 자기를 표현하는 가능성이다. 얼굴의 나타남에서는 그러므로 내가 부여한 의미보다 타인의 존재 자체가 더 중요한 의미가 있다.'

얼굴은 타인을 의미하고, 얼굴의 나타남은 곧 타인의 등장이다. 타인과의 관계에서 가장 능동적인 변화를 겪게 되는 계기는 바로 출산이다. 아이는 '타자가 된 나'이기 때문이다. 그렇기에 부모는 아이를 절대 소유할 수 없다. 아이를 통해 부모는 자꾸만 자기 자신에게로 돌아가려 하는 개인의 존재를 다스릴 힘을 얻는다. 그렇게 자아를 뛰어넘어 다른 이에게 시선을 돌릴 수 있게 된다. 낯선 이의 자유를 더 깊이 존중하고 이해하게 된다.

물론 인간이 완벽하게 이타적일 수는 없을 것이다. 하지만 아이 덕에 나는 남편에게 조금은 너그러워졌다. 신혼 초만 해도 갈등을 겪을 때마다 결혼이란 제도를 탓했다. 그 서류 한 장이 갖는 압박감에 시달리며 마지못해 아내로서의 내 역할을 받아들였다.

그랬던 내가 지금은 아무렇지도 않게 개인의 시간을 보

낸 뒤에도 마침내 돌아가야 할 곳은 가족의 테두리라는 생각을 한다. 그리고 남편이 먼저 사회적 일원으로 제대로 자리를 잡아야 내 꿈을 향한 발을 내디딜 수 있을 것이라 예상한다. 그런 생각은 남편이 나에게 주입한 것도, 누군가가 나에게 요구한 것도 아니다.

이렇게 미래를 구상하고 있는 스스로가 신기해서 나에게 여러 번 질문을 던졌다.

'네 경력, 살려야지. 일 욕심 많던 너잖아. 왜 그러는 건데?'
'이제껏 친정엄마가 보여준 희생에 너도 물들고 만 거야?'
'자아실현에 대한 욕구를 아예 버린 거야?'

그런 건 아니었다. 좋아하는 일을 계속하고 싶은 것이지, 그게 꼭 특정 회사이거나 거대 조직일 필요는 없다고 생각하는 것뿐이다. 어느 순간 마음이 바뀌었다. 엄마 혹은 엄마의 엄마 세대가 보인 자기희생과 남편을 향한 순종이 여자의 미덕이라고 보는 것도 물론 아니다. 단지 우리 세 식구가 조금은 덜 힘들게 사회에 적응하고 셋이 함께 자주 웃을 수 있는 시간을 마련하기 위해서 계획서를 새로 쓰고 있을 뿐이다.

안타깝게도 남편은 이력서를 나보다 배로 뿌렸는데도 연락 오는 곳이 없었다. 내가 볼 때 그렇게 형편없는 이력이 아닌데도 그랬다. 하긴, 젊고 스펙을 고루 갖춘 인력들이 넘쳐나는 한국 사회에서 팀장급으로는 약간 아쉽고(한국에 돌아오고 보니 과거 과장이었던 남편도 결국 경력단절남이었다) 대리급으로는 부담스러운 남편의 지원서를 선뜻 고르지는 못할 수도 있을 것 같다.

반면 나는 여러 군데에서 전화가 왔다. 면접 약속을 몇 개 잡고 생각해보니 일본에서 아직 짐이 도착하지 않아 입고 갈 옷도 신발도 없었다. 계절도 바뀌고 있어서 재킷까지 사야 할 판이다. 남편과 아이를 대동해 면접 의상을 사러 집 근처 쇼핑몰을 찾았다. 이상하게 남편 눈치가 보여서 옷을 고르는 것이 머쓱했다. 여차저차 옷을 마련해 집으로 돌아와 밥을 먹고 여느 때처럼 아이를 재웠다. 거실에 앉아 우리는 취업에 대해 오랫동안 이야기를 나누었다.

"면접 왠지 잘될 것 같아. 일이 이렇게까지 꼬이는 데는 다른 의미가 있겠지. 네가 먼저 일을 하는 게 맞는 것 같아."

남편은 덤덤하게 아직 결정되지도 않은 내 취업을 격려했다. 내가 누구보다 일을 좋아하던 사람이라는 것을 잘 아는 남편이라서 그랬을까? 기회가 오면 잡아야 한다고 했다.

"오빠도 취업되면 지민이는 어떡해?"
"너 확실히 붙으면 나는 이력서 다 내릴 거야."

아이는 어린이집 대기 신청도 아직 안 한 상태였고, 운이 좋아 입소를 하더라도 반년은 더 시간이 필요한 상황이었다. 그 시간 동안 남편은 아이와 가정에 묶일 각오를 하고 던진 말이었다. 나도 아이가 태어나고 1년 반의 시간 동안 주양육자로 시간을 보내며 행복과 동시에 좌절과 번뇌, 조급증 같은 감정을 느껴왔다. 그래서 남편이 얼마나 큰 결심을 하고 저런 말을 하는지 충분히 이해했다.

남편이 자기 일에 애착이 없거나 사회적인 위치에 아무런 욕심이 없어서 나를 지지했던 건 아니다. 그도 나처럼 우리 세 식구가 유기적으로 굴러가기 위해서 어떻게 하는 게 최선인지를 치열하게 고민하고 있는 게 느껴졌다. 그

배려 자체가 나에게는 고마움이자 큰 힘이었다.

어릴 적 내가 봐왔던 동네 아저씨들이 생각났다. 우리 아빠만 해도 뭔가 잘하고 싶었지만 늘 실패를 하는 바람에 엄마가 오랫동안 가족의 생계를 책임졌다. 옆집 살던 Y네 아빠는 공황장애가 생겨서 잘 다니던 직장을 그만두고 집안 살림을 돌보게 되었는데, Y네 엄마가 마사지를 다니는 동안, 열심히 오토바이로 아줌마를 배웅하고 마중했다.

반면 어부였던 J네 아빠는 한 번 배를 타러 나가면 몇 개월간 집을 비웠다. 뱃일이 끝나고 돌아올 때 어마어마한 돈을 벌어온다는 소문이 동네에 파다했는데, 그래서인지 J는 늘 자신감이 넘쳤고 지는 것을 끔찍이 싫어했다. 엄마, 아빠가 같이 한의원을 하는 K는 삼남매 중 막내였다. 아빠네 집안이 대대로 한의원을 운영하고 있었지만, 간호사인 K네 엄마는 그 집 할머니(시어머니) 때문인지 늘 기가 죽어 있었다. 온화하게 웃고 있지만, 표정이 한결같아서 그 웃음이 진심인지 아닌지 궁금할 때도 있었다.

집안마다 사는 모습이 다 달랐다. 유복하다, 행복하다, 불행하다, 박복하다, 고단하다…… 내가 뭐라고 그네들의 삶을 보며 그런 생각을 했을까? 나는 많은 엄마들의 삶을 비교하는 것을 좋아했다. 그중 우리 엄마보다 더 마음이 가난한 사람이 누구일까를 상상해본 거였다. 삶의 모습은 늘 변하기 마련이고 상황도 그렇다. 고정된 어떤 모습이 정답이 아니건만, 나는 왜 어린 나이부터 '표준의 삶'에 집착하며 살았을까?

내 삶이 표준에서 벗어나고 보니 그때 그 꼬마의 경솔함이 더 부끄럽고 면목이 없다. 만약 남편과 내가 정말로 가정 내 역할을 바꾸게 된다면, 나는 앞으로 누군가를 만나고 그 사람에 대해 알아갈 때 이전보다는 더 선입견을 덜어내고 다가설 수 있을 거라는 예감이 든다.

많으면 많은 대로 걱정, 남편의 손재주

오랜만에 구두를 신고 오래 걸었다. 오르막은 그럭저럭 괜찮은데, 굽 있는 구두로 내리막을 걷는 것은 고문이 따로 없다. 발이 앞으로 쏠리면 좁디좁은 구두 앞코로 다섯 개의 발가락이 서로 비집고 들어가겠다고 야단이다. 집에 도착할 즈음 발가락은 만신창이, 무릎은 제대로 펴지지도 않아서 엉거주춤한 자세가 되었다.

　오늘 드디어 면접을 보고 왔다. 이력서를 여기저기 많

이 보내고도 한동안 연락이 없어서 별별 생각을 다 하고 있던 참이었다.

'이게 경력 단절, 아기 엄마의 현실인가?'
'말로만 듣던 한국 취업난이 이런 거였나?'

다행히 2주 정도 지나자 여기저기서 연락이 왔다. 면접 분위기는 나쁘지 않았다. 그렇다고 2차 면접이 확정된 것도 아니라서 안심하기도 이르다. 집에 도착해 문을 열고 보니 요리하는 남편 다리에 아이가 엉겨 붙어 아빠 다리를 사정없이 할퀴고 있다(요즘 졸리면 저러는데, 오늘 타깃은 아빠).

남편은 오늘, 평소(남편만 근로자이던 시절) 내가 보내던 하루 일과를 똑같이 겪었을 것이다. 아이와 놀아주고, 때 되면 밥을 먹이고, 집에서만 놀면 지루해할 테니 밖에도 데리고 나가 적당히 걷게도 하고, 또 밥 때가 돌아오면 챙겨 먹이고, 아이가 낮잠을 잘 때 틈틈이 집도 치워 놓고, 찬거리도 만들었겠지.

이제껏 오늘처럼 반나절 이상을 밖에서 보낸 경우는 거

손재주와 아이디어가 아까우에서
욕심가득 손 시원히
시작했으면 하는 마음 반,
그 꺼기하고 싶은 마음 반.

의 없었지만, 남편에게 아이와 살림을 맡기는 게 불안하지는 않다. 왜냐, 남편은 손끝이 아주 야무지기 때문이다. 결혼 전에도 깔끔하고 청소와 빨래 잘하는 남자라는 게 꽤 매력적이었는데, 같이 살다 보니 점점 더 놀라고 또 안심한다.

(궁둥이 토닥토닥) "아주 참해. 같이 살길 잘했어!"

남편의 살림과 요리 실력에 대해 말해보자면, 아이를 낳고 집에서 몸을 회복하는 동안의 이야기를 빼놓을 수 없다. 나는 일본 병원에서 출산했다. 산후조리원 같은 개념이 특별히 없는 일본에서는 출산과 동시에 일주일간 병원에 입원했다가 퇴원하는데, 남편은 입원 기간 내내, 그 이후로도 거의 6개월 정도 내 식사를 준비해줬다.

남편이 당시 학생이었냐 하면 그것도 아니다. 나는 아이에게 젖을 물리고 나와 아이의 영양을 위해 열심히 먹는 일에 집중했고, 남편은 평일 오전 9시에서 오후 6시까지 일해 돈을 벌면서 퇴근 후 집에 돌아오면 집안일과 요리에 매달렸다. 몸을 조금씩 움직일 수 있게 되면서부터 내가 할 수 있는 선에서 집안일 비중을 늘려갔지만, 남편 역시 아이가 돌이 될 때까지 최선을 다해줬다.

무엇보다 감동했던 점은 아주 사소한 것들이다. 과일을 준비해줄 때 내가 하던 것과 꼭 같은 모양으로 깎아준다거나, 평소 내가 자주 만들던 반찬을 기억해뒀다가 그대로 요리해준다거나, 미역국 질릴까 봐 다양한 버전(이를테면 소고기 미역국, 조갯살 미역국, 황태 미역국, 들깨 미역국, 소고기 뭇국 등등)의 국 요리를 연구한다거나. 적고 보니 사소하지는 않네.

가장 기특했던 건 아이가 백일쯤 되었을 무렵, 친정아빠가 날 보러 일본에 다녀가셨을 때였다. 일정 중 하루는 집에서 김치찌개를 끓여 드렸는데, 생선구이를 내가 살 바르는 방식으로 똑같이 떼어내 아빠에게 대접하는 모습을 보고 많이 감동했다. 그건 사실 어릴 적 아빠에게 배운 방식이었다.

아빠는 무뚝뚝하고 표현도 별로 않는 분이지만, 가족이 다 모여 식사를 할 때는 간혹 다정하게 음식 먹는 법을 알려주셨다. 게장 딱지에 밥을 비벼 먹는 방법이랄지, 구운 생선을 젓가락 몇 번 움직이는 걸로 눈 깜짝할 새에 가시와 살로 분리해 밥 위에 척 올려준다던지. 어떻게 먹어야 맛있는지 알려주며 은근히 뿌듯해하셨다. 아마도 그날, 남편이 생선을 발라줄 때 아빠는 추억에 젖었을 것이다.

✴

남편의 손재주는 비단 살림 영역에서만이 아니라, 다양한 형태로 빛이 난다. 몇 번씩 얘기했지만 인테리어에도 두각을 보이는데, 나무와 파릇파릇한 식물을 좋아하다 보니 우리 집은 '그린 인테리어'에 가깝다. 똑같이 물도 주고 사랑도 주는데, 내가 키우는 식물은 얼마 지나지 않아 힘을 잃고 시들어버리는 반면, 남편이 맡은 화분들은 잘 자라 몇 번씩 화분갈이를 한다. 섬유 디자인을 전공한 사람답게 바느질이나 다림질 솜씨 또한 단정하다. 취미로 필름 사진을 오래 찍었고, 대학 시절 수업으로 사진 인화 방식까지 배웠다더니, 남편이 찍은 사진에서는 묘하게 따뜻함이 느껴진다.

하지만 이런 재주가 탈이 될 때도 있다. 우선 본인 스스로 손으로 하는 걸 대부분 자신 있어 하다 보니, 가끔 어이가 없을 정도로 자신감이 넘친다. 자신의 손을 거치면 모든 일이 다 될 거라 여기는 객기 혹은 순진무구함. 그래서 그의 '해볼까?' 리스트는 좀처럼 줄지 않는다. 바리스타로 시작해서 제빵, 목수, 천연염색, 원예, 농업. 이 어딘가를 계속 헤매며 아직까지 갈피를 잡지 못한다.

한 번은 이런 적도 있다. 일본에서 회사원으로 지낼 동안, 남편은 자신이 회사를 그만두면 비자가 곧 소멸되어 한국으로 돌아가야 하는 우리(외국인 노동자)의 입장을 난처해했다. 그러면서 회사를 다니지 않고도 떳떳이 비자를 받을 방법을 오랫동안 연구했다. 그중 학생의 길은 본인과 맞지 않는다며 애초에 포기했고, 기술공으로 남는 방법을 진지하게 고민했다. 하지만 식구가 딸린 입장에서 무작정 알지도 못하는 환경에 뛰어들 수는 없는 노릇이니 생각만으로 그쳤다. 그리고는 갑자기 기막힌 아이디어를 하나 짜냈다. 일본에서 자본을 거의 투자하지 않고 할 수 있는 사업이라고 했다.

"한국 김, 정말 맛있지 않냐? 일본인들도 분명 좋아할 텐데."

"아무래도 고소하니까."

"우리 김 구울까? 김 굽는 기계만 하나 사면 될 것 같은데. 한식은 사업 비자 잘 나온대."

"여기 김도 비싸고 참기름도 비싸잖아."

거의 몇 개월간 남편은 마트에서 한국 김을 살 때마다 포장지에 적힌 재료를 유심히 살폈다. 사촌동생이 우리 집에 놀러 올 때 한국 김을 종류별로 부탁해 받아보기도 했다. 참기름과 식용유가 각각 몇 퍼센트 비율을 차지하는지 분석해 표로 만들고, 브랜드 로고와 이름까지 고민했다. 김은 한국에서 주문하고, 기름만 지역업체를 뚫어야겠다고 했다. 보통 한 가지 아이디어가 떠오르면 저렇게 깊게, 구체적으로, 성실히 빠져드는 편이다. 급기야 군산이 고향인 내게 이렇게 말했다.

"어느 정도 구체화되면 장인어른께 김을 얼마에 공수 받을 수 있을지 물어봐 봐."

"그래, 그러자! 상가 겸 집으로 할 수 있는 장소도 얻으면 좋겠다."

"그렇지. 1층에서 바로 구워서 기름 발라 팔면 냄새가 고소해서 잘 팔릴 거야."

"우리 둘 다 박 씨이니까 '朴朴(パクパク ; 일본어로는 '파쿠파쿠'라고 읽으며, 퍽퍽 먹는다는 표현을 쓰고 싶을 때 사용하는 의성어)'이라고 하면 되겠다."

"오~ 그거 완전 좋은데?"

남편에게는 말하지 않지만, 가끔 이렇게 그의 말에 호응하며 주거니 받거니 하는 건 내게 놀이와 비슷하다. 여자들끼리 농담을 주고받을 때 적정선의 허언을 늘어놓으며 까르륵 웃고 떠드는 종류의 수다 같은 것 말이다. 하지만 나도 참 이상한 게, 계속 이 남자의 말을 받아주고 있다 보면 어느새 혼자서 심각해지고 마는 것이다.

'진짜로 사업을 하려는 건가? 그럼 우리 또 이사하는 건가? 상가 얘긴 괜히 꺼냈어.'

한동안 잠잠하던 남편은 어느 날 벽에 붙여뒀던 로고 디자인 그림을 떼어냈다. 궁금해서 먼저 물었다. "김 사업은 잘 진행하고 있는가?" 남편은 자영업 얘기라면 이제 시시해진 사람처럼 한숨을 푹 내쉬며 말한다. "다 귀찮아~" 나는 남편이 당장에라도 뭔가를 저지를 것만 같아서 조마조마하다가도, 한편으론 하고 싶은 걸 너무 쉽게 포기하는 건 아닌가 걱정한다. 손재주와 아이디어가 아까워서 뭔가를 속 시원히 시작했으면 하는 마음 반, 우리 삶의 평화와 안정이 깨질까 봐 그를 저지하고 싶은 마음 반.

며칠 전, 우리는 둘 중 하나가 먼저 취업되면 남은 사람이 반 프리랜서처럼 지내며 아이를 돌보자고 했었다. 오늘 스타트로 내가 면접을 봤다. 정말로 만약 내가 먼저 근로자가 된다면, 우리 집은 지금까지와는 다른 형태로 굴러가게 될 것이다. 남편은 이번에야말로 그토록 원했던 손기술을 배우게 될지도 모른다. 겨우 1차 면접 하나 봐놓고 상상의 나래를 길고 넓게도 펴고 있는 나였다.

남편과 나는 닮은 듯 다른 듯 닮았다.

길 찾는 아내,
따라오는 남편

○
===================
===================
=======================

이사를 하면 한동안 정신이 없는 게 정상이라 매우 바쁠 것으로 예상했지만, 정리해야 할 짐이 도착하지 않으니 관공서 업무를 제외하고는 의외로 여유로운 날들을 보내고 있다. 셋이서 마음껏 산책도 하고, 〈삼시세끼〉 촬영을 하듯 그간 먹지 못했던 그리운 음식들을 집에서 자글자글 요리해 먹는다.

　나와 아이에게는 평온한 시간들이지만, 남편의 시간은

꼭 그렇지만도 않은 것 같다. 일본에서 짐이 도착하기 전에 수납공간을 만들어야 한다며 좋아하는 인테리어 세계에 빠져들었다. 속세의 요란함에 등을 지고, 거룩한 노동에 뛰어드는 모양새가 매우 남편 같다고 느껴졌다. 매일 나사를 조이고(남편은 대체로 조립형 가구를 주문한다), 천장에 뭔가를 달고, 어린 묘목과 토분을 따로 사와 조심스럽게 옮겨 심는다. 그러면서 시아버님의 등쌀에 틈틈이 채용 공고를 확인하며 여기저기 원서도 넣고, 아이랑 놀아주기도 한다. 말하자면, 현재 우리 집에서 가장 바쁜 사람이다.

나는 놀랍게도 혼자만의 시간이 늘어서 퍽 즐겁다. 지난 주말에는 무려 야외 음악 페스티벌에 다녀왔다. 출산 후 아이와 이렇게 오랜 시간 떨어진 건 처음 있는 일이었다. 게다가 그 시간을 오롯이 내가 좋아하는 걸 하면서 보내다니.

공원에 앉아 맥주와 갖가지 푸드 트럭 음식을 먹으며, 재즈 선율에 몸을 이리저리 흔들며, 해가 저물도록 왁자한 분위기를 즐겼다. 그날은 형님과 나(덤으로 아가씨까지)의 공식적인 휴가였다. 아버님과 두 아들은 두 돌 된 여자 아이(아주버님 댁 조카), 18개월 된 남자아이(우리 집 애)를 돌보며 반나절을 보냈다.

밤 11시가 다 되어 집에 도착해보니 남편과 아이가 곤히 잠들어 있다. 그날 내 기분은 하늘을 날아도 이상할 게 없을 정도로 두둥실이었는데, 막상 남편의 고단한 모습을 마주하니 미안함과 고마움이 복합적으로 삐져나왔다. 그리고 남편이 얼마나 나와 붙어 있는 시간을 좋아하는 사람(반면 나는 '늘 함께'라는 말이 좀 부담스러운 사람)인지를 떠올렸다.

나는 온전히 내 속도대로 사부작사부작 돌아다니길 좋아한다. 그래서 결혼 전에는 혼자 하는 여행도 즐겼다. 체력에 맞게 일정을 짜고, 여행 때마다 스스로와 약속한 몇 가지 소소한 이벤트도 거행한다. 여행지 근처에 있는 미술관과 서점 한 곳씩은 꼭 들르기, 종류별로 대중교통 이용해보기, 길을 걷다가 분위기 있어 보이는 카페에 무작정 들어가기, 문구류를 구경하다가 마음에 드는 엽서가 있으면 구입하기 정도. 나머지는 대개 그렇듯, 남들이 좋다고 하는 곳들을 보고 맛있다는 음식을 먹으며 행복해한다. 어쩌면 여행지에서는 평소보다 잰걸음으로 움직이는 편일지도 모르겠다.

대체로 머릿속이 바쁘고 행동도 재빠른 남편은 나와 달

리 여행지에서는 아무것도 생각하기 싫다고 한다. 연애 시절, 남편의 유럽 여행 에피소드를 들으며 좀 시시하다는 생각을 했을 정도다. 본인이 정확히 어딜 갔는지도 모르면서 그저 좋았다는 얘기, 풍경이 어떠했다는 말만 했다. 일 정도 딱히 없어서 매일 아침, 게스트하우스 사장님이 종이에 적어준 곳 위주로 다녔다는 말에 박장대소하기도 했다. 그러면서 다가올 신혼여행을 기대했었다. 적어도 그곳에서는 우리가 전에 없이 느긋하게 다닐 수 있을 거라 상상했다.

아무튼 우리는 각자 다른 방식으로 여행을 좋아한다. 따지자면 나는 홀로 빨빨거리며 목적을 달성하는 여행을, 남편은 어슬렁어슬렁 풍경을 눈에 담는, 마음에 맞는 사람이 곁에 있다면 더없이 행복한 그저 걷는 여행을 좋아한다. 그래서 여기저기 다닌 기억이 많고, 그에 따른 웃픈 에피소드도 많다.

✳

평생 가도 잊히지 않을 것 같은, 남편이 끈덕지게 나를 따라다녔던 신혼여행의 추억을 꺼내보려 한다. 휴양지에 가면 꿰다 놓은 보릿자루 같을 것 같은 우리는 결혼식을 마치고 다음 날 유럽으로 떠났다. 짧은 일정 동안 많은 곳을 둘러보기보다 한두 곳이라도 자세히 보고 싶었던 마음에 체코 프라하와 오스트리아 빈, 두 곳만 택했다.

대학에서 디자인을 전공하고, 당시 패션 관련 일을 하고 있던 남편은 나처럼 문구류, 식기류, 서점 구경하는 걸 좋아한다. 아담한 도시에 관광 명소와 소소한 상점들이 적절히 어우러져 있어서 그랬는지, 아니면 물가가 그리 비싸지 않았기 때문인지 프라하에서는 모든 의견이 척척 맞았다. 카프카 박물관에 가자고 해도 흔쾌히 따라왔고, 프라하 전통요리를 먹으러 가자고 해도, 트램을 타고 프라하 성을 보러 가자는 제안에도 순순했다. 원 없이 먹고 원 없이 걷고 원 없이 좋아하는 물건들을 구경했다.

하지만 오스트리아 빈에서는 사정이 달랐다. 호텔 체크인을 하고 가장 먼저 찾은 곳은 프라이탁 매장이었다. 남편을 만나지 않았으면 크게 관심을 두지 않았을 브랜드(나는 참고로 '패알못', 패션을 알지 못한다)지만, 리사이클 디자인에 관심이 많은 남편은 빈에 가면 꼭 프라이탁 매장(그때만 해도 우리나라에 정식 매장이 없었다)에 가보고 싶다고 했다. 예물, 예단을 생략하고 식만 올린 우리는 그날 그 매장에서 가방 하나씩을 질렀다. 그러고 나서 들어간 레스토랑에서 나는 마음이 상했다. 내게는 프라이탁 가방보다 오스트리아에 가면 꼭 먹어봐야 한다는 슈니첼이 더 중요했기 때문이다.

"(메뉴판을 대충 훑더니) 야, 이거 너무 비싼 거 아냐? 난 그냥 커피만 마실래."

이게 무슨 자다가 봉창 두드리는, 모양 빠지는 소리인가. 아니, 방금 전에 산 그 가방이 얼마짜리였더라? 우리는 식탁 위에서 속삭이는 소리로 옥신각신하다가 결국 메뉴 두 개를 주문했다. 막상 먹으니 바삭하고 입안에서 금세 사라진다며, 뭐 이런 음식이 다 있냐는 남편 덕에 그래도 화는 금방 누그러졌다.

하지만 다음 날부터 내내 비슷한 패턴으로 다퉜다. 빈의 카페하우스는 분위기가 너무 엄숙하다고 탈락, 점심은 비싸니까 길거리 핫도그로 해결하자고 해서 2차로 열이 받았다. 그리고 훈데르트바서 하우스를 찾아가던 중에 길을 좀 헤맸더니, "그냥 다른 데 가면 안 돼?" 하고 말하는 바람에 완전히 뚜껑이 열렸다.

"경비 반 내놔. 그냥 따로 다녀."

"……."

"아, 빨리 돈 주라고!"

"……."

화가 나서가 아니라 진짜 혼자 다니고픈 마음이었다. 하지만 남편은 경비도 안 주고 사과도 안 하면서, 3미터 정도 떨어진 채 내 뒤꽁무니만 쫓아왔다. 훈데르트바서 하우스를 발견하고 기뻐서 외관 사진을 찍고 있을 때, 바짝 다가와 어물쩡 기념사진을 찍어주기도 했다. 부부 사이에 벌어지는 많은 싸움들이 알고 보면 이렇게 별 것 아닌 이유로 유치하게 말다툼을 하다가 흐지부지 끝나고 만다. 그래서인지 시시콜콜한 사건보다는 내 요구는 들어주지도 않으면서, 뒤꽁무니만 죽어라 쫓아오던 남편 모습 같은 게 더 선명하게 남는다.

꼭 신혼여행만이 아니라 대부분의 여행에서 남편은 나를 따라온다. 몇 년 전, 회사를 그만두고 파리에 한 달간 머물 때의 일이다. 그때도 역시나 걷다가 싸우고 화해하고, 또 걷다가 싸우고 화해하는 게 우리의 주된 일과였다. 여행지에서 목적 없이 발 닿는 대로 다니는 남편은 정말로 지도 한 번을 펴지 않는다. 모든 길은 내가 찾고, 남편이 가보고 싶다는 장소도 내가 인도한다. 그러다가 딱 한 번, 남편이 키를 쥔 적이 있다. 몽파르나스 타워를 지나 SPA 브랜드 매장과 백화점, 서점 등을 구경하다가 갑자기 남편이 "이 길, 와 본 적이 있다."며 흥분해서 말했다.

"아~ 여기구나! 내가 전에 여행할 때 가본 장소가 있는데, 거기 가볼래? 파리 시내도 보이고 굉장히 높은 곳이었는데."

"몽마르트르 언덕 아니야?"

"음, 글쎄…… 그런 이름은 아니었는데."

"길은 기억하고 있는 거야? 찾아갈 수 있는 거지?"

여기, 거기, 저기 말고는 특별한 설명이 없었고, 몇 번 버스인지를 묻는 내 질문에도 잘 모르겠다고 했다. "저쪽 방향으로 가는 거 타면 될 것 같은데." 하는 애매모호한 말을 믿고 일단 따라갔다. 눈에 익은 길이라며 내리면 덩달아 따라 내려서 버스를 갈아타기도 했고, 낯선 도시를 걷는 긴장한 발로 레게 미용실이 쭉 이어진 후미진 골목도 지났다. 그저 감으로 더듬더듬 찾아간 길 끝에서 남편은 '여기'라고 말했다.

"오빠, 여기가 몽마르트르 언덕이잖아."

나는 이 일을 순전히 남편을 놀리기 위해서 기억한다. 그날도 머쓱해하는 남편 앞에서 얼마나 배를 잡고 웃었는지 모른다. 사크레쾨르 대성당 오른쪽, 으슥한 길로 올라온 우리는 성당 앞 언덕에 앉아 파리 시내를 내려다보며 에그 타르트와 산딸기 파이를 먹었다. 내려올 땐 반대편으로 난 길을 걸으며 낡은 서점과 공방, 현악기 소리가 정겹게 들려오는 반지하 레스토랑 같은 것들을 구경했다. 웃음 띤 사람들의 표정이 거리를 가득 채우는 그런 날이었다.

혼자 하는 여행이 최고로 좋은 줄로만 알았던 나는, 남편을 만나서 조금씩 함께 하는 시간의 의미를 알아간다. 그래도 성격은 통째 바꿀 수 없는 것이기에 일정 거리 안에 아무도 없었으면 싶은 순간도 있다. 그래서 나는 피로에 찌든 남편의 잠든 모습을 바라보며 진심을 다해 사과했다.

"여보, 미안하지만 난 오늘 꿀이었어. 한동안 또 열심히 오빠랑 붙어 다녀줄게. 으하하하!"

멋 오르는 여자와
멋 부리는 남자

갓 중학교에 입학했을 때부터, 엄마는 종종 말했다. 내가 상업고등학교에 진학했으면 좋겠다고. 성적이 그리 나쁜 편도 아니었고, 심지어 강요하지 않아도 공부에 흥미를 보이는데 딸인 내게 "공부만큼 쓸 데 없는 게 없다"는 말을 많이 했다. 엄마는 내가 늦게까지 책상 앞에 앉아 있는 것도 싫어했다. 밤 10시 넘도록 책을 펼치고 있으면 화들짝 놀라며 방에 들어와 불을 휙 꺼버리곤 내게 잠을 청했을

정도다. 시험 기간에도, 밀린 숙제가 있는 날에도 예외는
없었다.

"어설프게 공부해봤자 반거충이밖에 더 돼? 그러지 말
고 상고 다니며 미용 기술을 배우라니까!"

엄마는 미용사다. 외삼촌은 이발사고, 큰이모와 작은이
모, 넷째 이모와 다섯째 이모까지 외갓집 식구들은 막내
이모를 제외하곤 모두 미용 기술을 익혔다. 외삼촌은 미용
사인 외숙모를 만나 결혼을 했고, 그 사이에서 태어난 삼
남매 중 큰언니와 둘째 언니가 그 뒤를 이어 미용사가 되
었다. 외갓집은 그야말로 미용사 집안을 이루었다. 현역으
로 남은 인물은 진작 환갑을 넘은 엄마와 위로 열 살 가까
이 터울이 지는 외삼촌 둘뿐이지만 말이다.
내가 어릴 적에는 엄마도 내심 딸이 미용사가 되길 바랐
던 것으로 보인다. 엄마 말을 빌리자면 미용사란 직업은
결혼하고 아이를 낳으면 더 빛이 난다고 했다. 특히 기술
을 완벽히 익혀서 개업을 하면, 아이에게 맞춰 시간을 유
동적으로 활용할 수 있으니 그만한 직업이 또 있겠냐는 거

였다. 공부를 아주 잘해서 사자 돌림의 직업을 얻을 게 아니라면 '기술'밖에 믿을 게 없다는 말을 꽤 오랫동안 들으며 컸다.

그래서인지 나는 엄마가 말리는 길이 더 궁금했다. 공부로 1등까지 할 정도의 실력은 못 됐어도, 뭐라도 되는 모습을 엄마에게 보여주고 싶었던 것이다. 하지만 엄마는 내가 제대로 칼을 뽑지도 않았는데, 중학교 3학년 1학기 때 이런 말을 했다.

"그래, 그냥 인문계 고등학교 가라. 너는 네 머리도 제대로 못 만져서 미용은 안 되겠어."

그랬다. 나는 애석하게도 꾸미는 데 소질이 없다. 중학교 1학년 때까지만 해도 엄마는 아직 어려서 그런 거라고 생각했던 모양이다. 이제 겨우 초등학교 졸업했으니 점점 멋에 눈을 뜨고, 아침마다 산발인 제 머리도 드라이어로 조금씩 손보며 등교하게 될 거라고 기대 아닌 기대를 했던 것이리라. 하지만 나는 산발인 머리를 간수하지 못해 싹둑 잘라버렸다. 고등학교를 졸업할 때까지, 아니 그 이후로도 오랫동안 짧은 쇼트커트와 단발 사이를 오가며 긴 생머리조차 하지 못했다.

이런 내게 자신의 머리털을 겁 없이 맡기는 이가 있었으니 바로 남편이다. 남편은 신혼 초, 이제는 미용실 가는 비용을 아끼겠다며 어느 날 바리캉을 사 가지고 왔다. 다행히 그 의욕은 오래가지 못했고, 나에게 특별히 괴로움을 안겨주지도 않았다.

"이걸로 머리 두 번만 깎아도 본전은 다 하는 거라니까?"

남편은 뭔가를 살 때 항상 가성비 운운한다. 5만 원도 안 하는 저렴한 제품이었는데, 본전이 생각났는지 정말 딱 두 번 썼다. 사 왔을 때 한 번, 중고로 처분하기 직전에 한 번. 사온 지 얼마 되지 않았을 때 사용하고는 옷장 깊숙한 곳에 고이 모셔뒀다가 회사를 그만두고 유럽 여행을 떠나기 직전에 마지막으로 사용했다. 그때 나는 남편의 머리를 다듬으며 참을 인(忍)자를 여러 번 새겼다. 진짜 주먹이 울었다.

"나 이 사진처럼 깎아 줘. 가운데 부분 각도를 잘 살려야 해!"

　남편은 빅뱅 멤버 태양의 사진을 내밀었다. 모히칸 헤어 스타일이라고 했다. 삭발이면 삭발이지, 가운데 머리칼은 왜 남겨두는 건지. 게다가 각도. '이런 스타일리시한 헤어 스타일은 우리 엄마도 못 할 것 같은데?' 당시에는 세상에서 가장 어려운 숙제를 받은 느낌이었다. 사진 속 태양의 가운데 머리는 위로 갈수록 길어지는 듯 보이기도 하면서, 뒤쪽에서 보면 또 절도 있는 각도가 멋있었다.

　'서걱서걱', '지잉― 지잉―' 남편 머리 위로 이리저리 오가는 내 손은 꽤나 바빴지만, 그놈의 각도를 맞추느라 머리칼은 점점 짧아졌다. 남편 머리 위에 둥그스름하고 자그마한 언덕이 하나 생겼다. 급기야 부드러운 능선이 돼버렸고, 더는 손을 쓸 수 없는 지경에 이르렀다. 주춤주춤, 남편에게 거울을 보여줬다.

　"아, 이게 뭐야~! 새집 올려놓은 것도 아니고."

　"아, 몰라! 그러게, 왜 그걸 나한테 하라고 그래? 내가 미용사야? 미용사 딸이지?"

남편은 결국 삭발을 했다. 가까스로 가운데 머리를 남기긴 했지만, 내가 앞서서 다 잘라먹은 뒤라 그다지 티는 나지 않았다.

남편은 패션에 관심이 많다. 전공이 그러하니 어쩔 수 없는 부분이겠지만, 일본에서 사는 동안에도 유기농 원단으로 만든 옷, 혹은 업사이클링 디자인 브랜드를 기가 막히게 찾아냈고, 패션 트랜드를 읽는 속도도 매우 빨랐다. 그러면서도 사람의 몸에 해를 덜 입히는 디자인과 소재를 선호한다.

교토에서 그런 센스를 인정받아 들어간 회사가 기모노(일본 전통의상) 중에서도 오비(기모노 허리 부분을 감싸는 띠. 이 부분의 화려한 자수와 매듭, 원단의 종류 등에 의해 가격과 품격이 좌우된다)를 전문으로 제작하는 노포(전통 방식을 고수하며 대를 물려 이어가는 가게)였다. 십대째 사업을 유지하고 있는 회사라 일본 내에서도 꽤 이름이 알려진 곳이었다.

교토 중심부, 우리식으로 말하면 종갓집 한옥 같은 느낌의 전통 가옥이 사무실이었다. 여전히 정통 복식을 한 채 출퇴근하는 꼿꼿한 장인들 사이에서 가장 나이 어린 한국인 직원이 바로 남편이었다. 일본식 전통 문양과 색, 질감이 고운 비단(남편의 버릇 중 하나, 특이한 원단 만지작거리기), 바닷물을 이용한 천연염색 기법 등 다양한 공부거리를 가져와 내게 보여주며 아름다움을 예찬하던 모습이 아직까지도 떠오른다.

어쨌든 무인양품(MUJI)과 같은 기성 브랜드에서 매번 비슷비슷한 디자인의 옷을 골라 입는 나와는 다르게 남편은 리사이클 숍과 업사이클링 브랜드, 스트리트 패션 및 편집 숍을 넘나들며 자신만의 스타일을 구축해간다. 나의 경우, 쇼핑에 투자하는 시간 자체를 아까워하는 사람이라 평생 가도 그렇게까지 열정적으로 패션 소품을 고르지는 못할 것 같다.

'베스트 오브 베스트' 패션은 언제나 '베이식'이라고 말하던 남편은 연애 시절부터 지금까지 내 옷을 골라준다. 정확히 말하자면 알아서 주문하거나 사온다. 한때 홍대 스타일에 젖어 있던 나는 하의 따로 상의 따로, 그때그때 마음에 드는 물건을 골라 집던 사람인데, 그래서인지 옷과 신발, 소품 등을 같이 매치하면 설명할 수 없는 최강(?) 스타일이 탄생되곤 했다.

연애할 때는 그저 웃기만 하던 남편. 하지만 같이 살기 시작하면서 내 물건들을 몰래 하나씩 버리기 시작했다. 옷이 없다고 하면 알아서 옷을 골라줬고 나는 그대로 입고 다녔다. 그러면서 평생 들어본 적 없는 "나름 느낌 있게 입는다"는 말도 몇 번인가 들었다. 그 기분이 썩 나쁘지는 않았다.

보는 눈이 상당한 남편은 요즘 바버 재킷에 꽂혀 있다. 패션을 알지 못하는 나는 가끔 남편의 품위유지비에 대해 골똘히 생각한다. 그러고 보면 기념일이나 생일 때도 남편은 주로 옷이나 가방 같은 물건을 갖고 싶다고 했고, 반면 나는 세트로 구성된 책이나 사고 싶던 음반 등을 요청했다.

나처럼 가랑비에 옷 젖듯이 돈을 쓰면 남는 게 없다고 말하는 남편이지만 나는 늘 이 말이 맞는지 고민하게 된다. 아직도 잘 모르겠다. 결혼 생활이란 누가 더 많은 돈을 쓰는지 경주를 하는 게 아닌가 싶을 때가 있다. 이런 것도 삶의 재미라면 재미겠지? '탕진 재미'라고 해야 할까.

남편의 인간관계는
곧은 일직선

'이만큼 손이 가는 게 또 있을까?'

살림을 할 때마다 절로 드는 생각이다. 밀리면 가장 피곤한 게 청소에 정리정돈이고, 매일 밥 세끼 챙겨 먹는 것도 나름의 정성과 창의력이 요구된다. 지난주 뵙고 온 시골 시외할머님이 바리바리 싸주신 싱싱한 재료들은 더욱이 그러하다. 보관 및 사용이 편리한 마트 제품과 달리 양이 많고, 흙도 다 털어내지 않은 자연 그대로의 산물이라서, 손질도 먹는 것도 기한이 있다. 할머님이 싸주신 재료를 만질 때마다 농사란 얼마나 사람을 부지런하게 만드는지 새삼 깨닫는다. 이걸 내가 다 손질하고 있다는 것도 놀랍고.

눈으로만 봐도 다섯 되는 족히 넘을 것 같던 어마어마한 양의 밤은 벌레 먹은 걸 골라내느라 한참을 물에 헹구며 뒤적였다. 시골 우릴 때나 쓰는 커다란 솥에 넣어 삶아내고 보니 세 식구 먹기에 너무 많아 경비실 아저씨께 나눠드렸다. 아직 냉장고에는 호박과 무, 가죽 나물 등이 남아 있다. 계속 더 부지런해져야 한다. 저 재료들을 다 소진할 때까지!

정성을 있는 대로 다 쏟아도 기쁨의 순간은 잠시다. 사람 살지 않는 집이 금세 낡고 허름해지듯 집 정리도, 요리도 꾸준히 관찰하고 신경을 써야 그나마 가지런하다. 생각해보면 내게는 사람 관계도 그렇다. 살림하듯이 애지중지해야 하고, 진심을 전하려는 일말의 노력을 필요로 하는 것. 나와 잘 맞든 아니든, 내게 마음을 돌려주는 상대든 그렇지 않든, 나는 나대로 꾸준히 좋은 사람이고 싶다.

"친화력 완전 갑!"

"너라면 어딜 가도 잘할 거야."

　지인들이 내게 하는 이런 말들은 반은 맞고 반은 틀리다. 먹고 사느라 바빴던 부모님, 일찍부터 운동을 시작해 종종 합숙한다고 집을 비우던 오빠. 나는 홀로, 알아서 야무지게 자라야 한다는 강박에 시달렸다. 유년 시절을 떠올리면 몇 번인가 따돌림을 당한 적이 있고, 여자 셋이서 붙어 다니다가 둘의 싸움에 눈치만 보다 튕겨져 나온 기억도 어렴풋하다. 그 나이 때는 그런 소소한 일들이 제법 큰 고민을 낳기도 한다. 누구에게도 털어놓을 수 없는 고단한 날들은 먼지처럼 사라지고, 나는 좋은 게 좋은, 누구에게나 좋은 사람이 되는 길을 택해 걸어왔던 것도 같다.

　남편도 관계를 허투루 맺고 이유 없이 끊어내는 사람은 아니다. 하지만 적어도 지금의 관계가 자신을 망치고 있는지 아닌지는 나보다 더 고민하는 편이다. 그래서 아닌 것 같은 관계에 미련을 두지 않는 쿨한 스타일. 즉, 누군가에게는 '싸가지', 간혹 어떤 이에게는 '츤데레'일 테지만, 소수 정예의 몇몇에게는 뒤돌아보면 항상 그 자리에 있는, 언제

어떤 순간에도 자신을 배려해주는 '단 한 사람'으로 기억될지도 모른다.

우리는 이렇게 다른 방식으로 각자의 관계를 관리하는 동안, 많이도 다투었다. 남편 말로는, 내 인간관계가 거미줄처럼 사방으로 흩어져 있어서, 귀한지 어쩐지 생각할 여지가 없을 정도로 난무해 보였다고 한다. 나는 반대로 남편의 관계가 지나치게 협소해 보였다. 특히 사회적 관계는 영 신경을 쓰지 않는 사람처럼 보여 늘 답답했다.

＊

일본으로 유학을 떠나기 전, 관계에 대해 여느 때보다 고민이 많았다. 결혼하면서 한 단위의 가정을 형성한 나는 남편에게 책임감을 느끼면서, 동시에 기존에 맺은 관계에 소홀해지지 않으려 부단히 애를 썼다. 오랜 솔로 시절 함께 쏘다녀준 친구들, 편집자로 일하며 인연을 맺은 작가 및 예술가들, 회사 동료와 거래처 사람들까지. 이런저런 모임과 약속이 많았다. 더도 덜도 없이 똑같이 잘하려던 내 마음이 남편에게는 더없이 부족했던 것 같다. 남편

기준으로는 다른 관계에 비할 수조차 없는 관계가 '부부'였을 테니 말이다.

에너지를 밖으로 쏟는 게 지속적인 스트레스였다는 걸 뒤늦게 알았다. 나는 분위기를 풀어주거나 상대의 말을 들어주는 쪽이었고, 정작 내 얘기를 토로할 친구들은 순위가 밀려 오히려 짧고 급하게 만나고 헤어져야 했다.

관계에 무기력이 찾아온 가장 큰 원인은 나름 애지중지하던 상대와 사이가 멀어지면서였다. 일로 맺은 관계였어도 사회 초년생 때 만나서 오랜 시간 일, 취미, 앞으로의 인생 등 다양한 이야기를 나누던 사람이었다. 각자 다른 회사에서 일을 하게 되면서 처음 외주 일을 부탁했다가 사달이 났다. 외주를 요청하는 사람 입장에서 의견을 말했을 뿐인데, 상대는 그대로 기분이 상해서 정색을 했다.

돌아온 말들로 나도 상처를 받았다. 상대방의 태도로 한번 마음을 다치면, 그다음부터는 그 사람의 말 한마디, 문자 한 줄에도 여러 가지 고민을 하게 된다. 내 입장에서 느끼는 그이의 태도로 볼 때, 나는 '있으면 좋고, 없어도 크게 아쉬울 게 없는' 딱 그 정도의 관계였다. 내가 이 만남을 유지하려 하지 않으니 상대도 감감소식이었다. 서서히 관계는 서먹해졌다.

　남편은 애매한 사회적 관계망(사실 그다지 많지는 않다)에서 일어나는 경조사에는 주로 돈만 부친다. 꼭 참석하는 자리가 있다면 장례식. 스무 살에 어머님을 잃어서인지 누군가를 애도하는 자리에는 되도록 찾아가 인사를 해야 한다고 생각하는 듯하다. 나에게는 모두가 친구 혹은 친한 사람인데, 남편은 그렇지 않다. 대학 동기는 동기, 회사 동료는 동료, 동아리 선배는 선배, 그 외에는 주로 아는 사람, 어쩌다 알게 된 사람 등으로 구분이 명확하다.

　연애 때부터 지금껏 남편에게 소개받은 친구는 '앙, 또, 붕'이라 부르는 세 명의 어릴 적 친구들과 대학 동기 셋이 전부이다. 정말 신기한 것은 이 몇 안 되는 친구들이 때마다 우리 삶을 들여다 봐주고 응원과 위로를 전하는 것은 물론, 때로는 물질적 지원에도 아낌이 없다는 것이다.

　나는 그동안 남편에게 이름도 얼굴도 제대로 기억하지 못할 정도로 많은 사람들을 소개했다. 후배, 동기, 동료, 선배, 심지어 거래처 디자이너 실장님까지. 내가 좋아하는 사람이면 무조건 소개부터 하고 본다. 부부가 되고 보니 부부끼리 만나 노는 것도 재미있다 싶은데, 남편은 불편함을 극도로 싫어하는 사람이라서, 선택적 '낄끼빠빠', 즉 낄 때 끼고 빠질 때 빠지는 까다로운 남자다. 대체로 나를 아껴주는 사람들과는 어색하고 쑥스러워도 같이 만나는 걸 주저하지는 않는다. 하지만 조금이라도 내게 불량한 태도를 보이는 사람이라면, 미안하게도 평생 부부동반 모임은 불가능할 것이다. 내가 이렇게 비싼 남자와 살고 있다.

회사를 그만두고 유학 준비에 이어 본격적인 일본 생활을 하는 동안, 나도 관계에 많은 변화가 있었다. 눈에서 멀어지면 소원해진다더니 꼭 그렇게 일단락된 사람들이 있는가 하면, 생각지도 못했던 친구들과 연락이 닿아 고마움을 느낀 적도 있다.

입덧이 잠잠해질 무렵, 느닷없이 주소를 물어 밑반찬과 김치를 보내준 친구도 있고, 출산을 하자 득달같이 장난감이나 선물을 보내온 친구도 있다. 철이 덜 든 것처럼 보일 법도 한데 우리 부부의 모든 날들을 응원해준 사람들도 있었다. 여느 외국보다 가깝지만 선뜻 오기는 어려운 거리를 큰맘 먹고 날아와 밥을 사주고 간 지인들도 잊지 않으려 한다.

남편이 볼 때 내 관계는 여전히 얽히고설킨 복잡한 거

실수하는 건 괜찮아.
하지만 제대로 하도록 해.

기온 움직임 하나하나에
제대로 마음을
담는 거야.

미줄 같을 것이다. 아니, 이전보다는 조금 정돈되어 보이려나? 적어도 이제는 먼저 챙겨야 할 사람들이 누구인지 정도는 안다. 아이가 태어나고는 우선순위를 이 꼬맹이가 거의 차지해버렸지만, 아이 돌봄으로 마음이 지칠 때는 여지없이 떠오르는 얼굴들이 있다. 그들도 마음이 가라앉는 순간, 나를 떠올릴 거라 의심하지 않으며 소식을 넣는다.

'실수하는 건 괜찮아. 하지만 제대로 하도록 해. 작은 움직임 하나하나에 제대로 마음을 담는 거야.'

— 모리시타 노리코, 《매일매일 좋은 날》 중에서

다도 생활 40년간의 이야기를 한 권의 책으로 엮은 모리시타 노리코 씨의 글이다. 영화를 먼저 보고 영상이 주는 고즈넉함에 반해서 책으로도 읽었다. 그녀의 스승은 차를 내리는 일련의 동작 하나하나에 마음을 담아야 한다고 강조한다. 수련에 가까운 그 동작들을 익혀가며 노리코 씨는 가족과 여타 관계들, 자신의 꿈과 일, 상처와 치유, 웃음과 행복 등을 이야기한다.

숙성한 찻잎을 맷돌로 곱게 간 뒤 뜨끈한 물을 붓고 가루를 갤 때 생겨나는 미묘한 변화들. 진하고 탁했던 가루는 점점 봄을 닮은 연둣빛으로 변화고, 그 과정에서 그녀는 팔 동작의 기울기, 차선을 움직이는 손놀림, 곧으면서도 힘을 뺀 자세 같은 것들에 주의한다.

나처럼 다양한 관계를 즐기는 것도, 남편처럼 협소한 관계를 탐험하는 것도 무엇이 옳고 그르다 정의할 수 있는 문제는 아니다. 다만 보다 중요한 관계에 마음을 쏟아야 한다는 남편의 말에는 공감을 하게 되었다. 찻잎 가루에 물을 붓고 저으면 잠시 전분가루 뭉친 듯 끈기 있는 상태가 이어진다. 그것들이 곱게 풀어질 때까지 물의 양을 조절하며 개면 그제야 미세한 거품이 균일하게 퍼진 고운 빛깔의 차 한 잔이 나온다.

마음을 쏟아 차를 내는 다도의 과정처럼 소중한 사람에게 한 번 더 마음을 표현하는 게 결국 관계일 거라는 생각을 한다. 남편에게 이런 당부를 하고 싶은 밤이다.

"거미줄처럼 복잡한 내 관계들을 하찮게 여기지 말아줘!"

틀린 게 아니라
달라서 하는 부부싸움

결혼하고 3개월쯤 되었을 때 한나절 '가출'을 한 적이 있다. 일요일 아침이었고, 같이 차를 타고 교회에 가던 중 말싸움이 커졌다. 남편은 화가 나서 운전하는 도중 차 문을 손으로 세게 쳤다. 나는 그 동작 자체가 어이가 없어서 차를 세우라고 했고, 문을 세게 닫은 뒤 반대 방향으로 걸었다. 남편의 차도 망설임 없이 출발해 뒤돌아보니 벌써 어디론가 가버려 보이지도 않았다.

사실 그날 왜 그렇게까지 흥분해 싸웠는지는 기억나지 않는다. 진짜로 심각하게 서로를 상처 줬더라면 두고두고 떠오를 텐데, 그보다는 씩씩거릴 정도로 화가 나 부들부들 떨리던 내 몸과 오락가락했던 그날의 기분, 혼자서 봤던 영화 한 편 같은 것들이 의외로 더 잘 떠오른다.

부부싸움을 하는 이유, 아니 인간관계에서 벌어지는 대다수의 갈등이 사실은 상대가 나와 달라서가 아니라 틀렸다고 생각하기 때문인 것 같다. 짐작컨대 내가 느낀 불쾌감은 남편이 나를 길들이려 할 때마다 나오는 저항감 같은 것이다. 싫은 소리 좀 들었다고 폭력적인 행동을 취해 내 입을 막으려던 남편 행동은 이유가 뭐든 옳지 못했다. 물론 남편의 기억은 나와 다를 수 있다. 하지만 이미 이성의 끈을 놓친 나는 버스정류장에 서 있다가 가장 먼저 도착한 버스에 올라타 '과연 이 결혼은 잘한 일인가'에 대해 고민하기 바빴다.

머릿속으로 온갖 시나리오를 다 써보다가 내린 곳은 광화문이었다. 남편과 가치관이 달라서 평소에는 잘 안 가게 되는 가게에 들어가 점심을 먹었다. 기분 좋게 먹을 생각에 들떠 있었는데 또 남편이 생각났다.

'아, 이 맛있는 음식을 앞에 두고 왜 또 박 조교(신혼 때 내가 남편에게 지어준 별명, 항상 나를 빡세게 굴린다고 그리 불렀다) 따위를 떠올리는 거야!'

나는 실용서나 에세이를 주로 담당하던 편집자라서 연애 때부터 평판이 좋은 새로운 가게에 호기심이 많았다. 하지만 남편은 가격 대비 성능을 따지는 성격이라 "비싸면 당연히 맛있어야지." 하고 말하곤 했다. 솔직히 이런 높은 기준으로 내가 소개하는 가게에 따라 들어서는 남자는 어렵다. 먹으면서도 거의 반 미식가처럼 음식을 대하고 위생과 서비스, 실내 분위기 등이 조화로운지 아닌지 이야기를 늘어놓는 남자와는 웬만하면 중간은 가는 김치찌개나 감자탕을 먹는 게 낫다.

어영부영 점심을 먹고 또 할 일 없이 걸었다. 이 남자와 연애하기 전에 가장 큰 취미 생활이었던 '혼자 영화보기'를 하기로 했다. 연애 초반, 종종 혼자서 영화를 보는 내게 섭섭하다던 남자친구에게 "오빠도 친구들이랑 놀거나 하면 되잖아. 영화는 혼자 봐야 휴식이지, 다른 사람이랑 같이 보면 일이야." 하고 지극히 딱딱하게 굴던 나였다.

씨네큐브로 들어서 시간에 맞는 영화를 찾다가 아쉬가르 파라디 감독의 〈아무도 머물지 않았다〉를 골랐다. 상영관에 입장하려는데 휴대폰 진동이 울렸다. 남편이었다. 나는 전화기 전원을 끄고 자리를 찾아 앉았다. 결혼과 이혼, 재혼이란 상황을 두고 당사자인 남녀들, 그의 자녀들에게 벌어지는 갈등이나 상처, 방황을 다루는 영화였다.

여자 주인공 마리는 세 번째 재혼을 고려하고 있다. 엄마를 이해할 수 없고, 엄마의 새 애인인 사미르가 마음이 들지 않는 루시, 오랫동안 혼수상태에 빠져 있는 아내가 있지만 안락사 문제를 결정짓지 못한 채 마리와 살림을 합친 사미르, 이혼 서류를 정리하기 위해 마리네 집을 찾은 두 번째 남편 아미드를 중심으로 영화는 이야기를 이어간다. 표면적으로 오가는 대화 말고는 각 인물의 속마음을 알 수가 없는 형편인데, 누구 하나 속 시원히 생각을 밝히지 않아서 상황을 파악하려면 대사 하나하나를 놓쳐서는 안 되는, 그런 영화였다.

나는 이런 기법의 영화를 좋아한다. 과거 이야기를 할 때에는 그 흔한 회상 장면도 없고 생각을 독백 처리로 하는 신도 없다. 사람의 마음은 말과 말로만 알아들을 수 있어서 오해가 생기고 갈등을 풀지 못하면 그대로 관계는 끝이 난다. 이런 불친절한 영화야말로 관계의 한계를 명확히 반영하는 사실주의 영화라고 생각한다.

가만히 보다 보니 주인공들은 각자 과거의 어느 시간에 갇혀 현재를 살아가고 있었다. 모두에게 상처가 있지만 사건은 시간이 지나면서 자기 기준으로 미화되거나 극화되어 있었고, 굴곡진 시각은 어떤 식으로든 삐뚤어진 마음을 낳았다. 아이들은 아이들대로, 어른들은 어른들대로.

오해가 쌓인 채로 벌써 4년이나 지난 마리와 아미드, 유난히 단둘이 대화하는 장면이 많다. 대화라기보다 여전히 다툼에 가까운 장면들이다. 하지만 나는 이 둘이 가장 신경이 쓰였다. 단순했던 일도 복잡해질 만큼 시간이 흘러서인지 둘은 여전히 갈피를 잡지 못했고, 마리는 더 그래 보였다. 과거에 연연하고 싶지 않다고 말하며 미간을 찌푸리던 마리, 하지만 둘 사이에 오가는 대화를 듣고 있으면 상처를 외면하고 싶어 하는 인간의 나약함이 고스란히 느껴져서 먹먹하기만 하다.

요즘 나는 솔직함에 대해 자주 생각한다. 솔직한 나와 대면하려 노력해보지 않은 사람은 모든 면에서 자기를 포장하는 게 능해진다. 하지만 슬프게도 본인만 잘 감추고 있다 생각하지, 남들에게는 모든 말과 행동이 어색하다 못해 어딘가 엇박자처럼 보인다. 지금은 알고 있다. 그날 영화를 보면서 남편과 싸우던 내 모습을 떠올리던 7년 전의 나는 지금보다 솔직함이 부족한 사람이었다.

영화를 다 보고 혼자서 쓸쓸히 저녁까지 먹은 나는 집에 돌아가는 길에 남편과 마주쳤다. 신혼집 앞 횡단보도에서 집에 갈까 말까 방황하던 남편을 내가 먼저 발견했다. 우중충했던 나는 그 순간 갑자기 웃음이 터졌다. 남편 발이 왔다 갔다 얼마나 바삐 움직이고 있던지, 아파트 입구를 보면서 뒤통수는 또 어찌나 자주 긁적이던지.

싸움의 끝은 싱거웠지만 한편으로는 '이혼하네 마네'로 2차전을 치르지 않아 다행스럽기도 했다. 집에 돌아와 남편에게 내가 할 수 있는 최대한의 설명을 했다. 고백하자면 그날 상대의 말문을 막고 막무가내로 대화를 끝내려 했

다름이 깊어도
푸는 방식이 맞으면
관계는 오래간다.

던 건 나였기 때문이다. 그 시절 우리가 다투었던 주요 주제는 살림을 누가 덜하고 더하는지, 누가 더 힘들게 회사 생활을 하고 있는지, 누가 이 결혼 생활에 더 애를 쓰고 참아주고 있는지(그러고 보니 지금과 다르지 않다)와 같은 것들이었다. 나는 스스로가 유치하고 치졸한 대화를 하고 있다고 느낄 때면 그 순간을 빠져나오려 한다.

크고 작게 투닥거리던 많은 순간들 중에서 그날의 우리는 유난히 격했다. 남편이 차 문을 손으로 쳤을 때 나는 그것을 기 싸움으로 받아들였다. 이 유치한 싸움을 먼저 끝내는 건 내가 되었어야 했는데, 순서를 놓쳤다는 생각에 더 오버를 해서 차를 세우라고 했던 것 같다. 그리고는 버스에서 내내 그런 생각을 했다.

'이 인간, 누구한테 겁을 주려고, 못된 버르장머리, 이번 기회에 고쳐야겠어.'

남편도 나와 비슷한 생각을 하고 있었을지도 모른다.

'너만 하던 말 끊을 줄 아냐? 앞으로는 나도 그럴 거다!'

나는 유치한 사람 아니야, 그렇게 염치없는 사람 아니야, 꼼수 부리는 사람 아니야, 무엇보다 이기적인 사람 아니야, 너는 모르겠지만 나는 아주 어마무시하게 진솔한 사람이야. 내가 스스로에게 덧대던 이미지는 아마도 이런 것들이었을 것이다. 얼마나 진심을 다해 서로 사과를 했는지는 기억나지 않지만 적어도 나는 그 다툼을 기점으로 남편 앞에서 조금은 솔직해졌다.

상대가 기분 나쁘지 않게 돌려 말하는 게 필요할 때도 있지만, 나는 필요 이상으로 말을 안 하는 스타일이었다. 그게 늘 문제가 되곤 했는데, 남편은 그럴 때마다 내게 "나이스한 척 좀 그만 해!" 하고 말하곤 했다. 처음에는 나에 대해 아무것도 모르면서 함부로 말한다며 기분 나빠했는데, 그날만큼 그 말을 오랫동안 생각한 적도 없다. 가출을 통해 얻은 가장 큰 깨달음도 그 부분이었다. 내가 그런 사람이라는 사실을 일부 받아들이는 것.

다툼이 잦아도 푸는 방식이 맞으면 관계는 오래간다. 남편과 나는 그날 아무리 싸워도 이것만은 하지 말자는 약속을 했다. 남편은 앞으로 "더 이상 말 섞고 싶지 않아." 하는 식의 표현을 다시는 쓰지 말라고 했다. 나는 다시 한 번 주먹을 올리면 어디를 치든 나를 때리는 걸로 간주할 거라고 말했다(끝까지 서로 버르장머리를 고치려 들던 남편과 나다). 그리고 둘이 동시에 합의한 부분은 '가출 금지'였다. 잠시 집을 나가도 한 시간 안에는 들어와야 할 것을 조건으로 달았다.

지금 생각해보면 누군가가 틀려서가 아니라 달라서 싸우는 것뿐이라는 사실 하나를 알기 위해 신혼 1년 동안 그렇게나 많이 다퉜던 게 아닌가 싶다. 우리는 여전히 한가해지면 부부싸움을 한다. 둘 중에 한쪽이 고달프면 그 고단함이 서로에게 전해지면서 '내가 잘났네, 네가 잘났네' 하게 되는 셈인데, 그간 쌓인 솔직함이 내성처럼 남아서 진짜로 싸움이 오래 가지는 않는다.

오늘만 해도 남편은 홧김에 나갔다가 장을 봐서 한 시간 만에 돌아왔다. 이유는 주말 육아였다. 평일에 출근을 하는 내가 주말에 더 시간을 내서 집안일과 아이를 돌보는 게 맞지만, 나는 보다시피 이렇게 원고를 정리하고 있다. 요즘 우리 가족의 행복은 나의 빠른 탈고와 칼퇴에 달려 있다. 아이러니한 삶이 아닐 수 없다.

우리에게 잘 맞는 방식,

그게 정답이야

남자 여우가
여자 곰을 만났을 때

○

―――――――――――――
―――――――――――――
―――――――――――――

며칠 전 남편과 영화 〈내 사랑〉을 같이 봤다. 화가 모드 루이스와 그의 남편 에버렛 루이스의 삶을 다룬 자전적 영화. 모드는 선천적 기형을 갖고 태어나 가족들에게도 버림받다시피 한 여성이다. 제대로 미술교육을 받은 적도, 부모님이 세상을 떠난 뒤에는 누군가의 살뜰한 보살핌을 받은 적도 없다. 에버렛은 글을 모르고 고아라는 이유로 세상 멸시를 오랫동안 받아온 어부다. 상처가 많은 만큼 누군가에게 다가서는 방법을 몰라 자주 화를 내고, 무시당하지 않기 위해 먼저 상대를 제압하려 든다.

영화는 상처투성이인 두 사람이 만나 사랑을 알아가는 과정, 그 안에서 순수하고 아름다운 시선으로 세상을 바라보고 그림을 그리는 한 예술가의 삶을 조명했다. 남편과 크게 웃은 장면이 있는데, 에버렛이 화가로 유명해진 아내에게 투덜대던 장면이다. 방송국에서까지 그들의 작은 오두막에 찾아와 일상을 촬영하고 TV를 통해 방송되는데, 에버렛은 자기만 너무 괴팍하게 나온 것에 대해 불평한다.

남들이 볼 때 아내는 순수하고 사랑스러운 예술가이지만, 실상 자기가 온갖 집안일을 다 하고 있다는 거였다. 아내 모드가 얼마나 고집이 센 사람인지는 아무도 모르고 자기만 늘 나쁜 사람 역할을 도맡는다는 말투였다. 남편은 한숨을 내쉬며 자기는 에버렛의 입장이 완전히 이해가 된다고 했다.

"하하하, 웃기시네! 나야말로 오빠한테 꽉 잡혀 산다고!"

말은 그렇게 했지만 남편 입장이 이해가 간다. 나의 고집스러운 부분, 날카로운 면을 가장 잘 아는 사람은 남편이다. 이상한 말이지만 나는 부모나 형제에게조차 내보이지 않는 모습이 있다. 친한 친구 H는 이런 내 모습을 보며 가족들 앞에서 내외한다고 놀리곤 했다. 그런데 신혼 1년간 자주 다툰 뒤로는 남편에게 내 머릿속 혹은 마음속의 날것을 굳이 감추지 않고 표현할 때가 더 많다. 다툴 때 갑자기 사늘하게 식어버리는 표정이라든지, 상대(남편)의 고민에 공감해주기는커녕 자발적으로 쓴소리꾼이 된다든지.

연애 시절, 남편은 나보다 섬세하고 말투도 부드러운 천상 서울남자(이건 전적으로 내 선입견이다)였다. 처음 호감을 갖고 나에게 다가올 때만 해도 드라마나 영화 속에 나오는 남자주인공처럼 다정다감했고, 나를 향한 설렘을 감추지 않았다. 나를 챙기고 싶은 자신의 마음을 귀찮아하지도 않았다.

찬물을 끼얹는 건 언제나 나였다. 그래서인지 요즘, 남편은 내게 든든한 보호자이긴 해도 섬세하고 다정한 남자친구는 아니다. 그래, 나는 보호자라도 있지, 남편의 처지는 골골대는 마누라와 천방지축 아들을 태운 돛단배로 망망대해를 가로지르는 어부 격이라서 말도 못 하게 고단해 보인다.

이번 주 월요일, 나는 거의 5년 만에 출근이란 걸 했다. 남편은 본격적으로 '집사람'이 되었고, 주에 사흘은 프리랜서 업무를 위해 애를 데리고 거래처로 간다. 그 멋진 회사에서 아이를 데리고 출근해도 좋다고 말했기 때문이다. 게다가 우리 아이를 위해 공기청정기를 한 대 더 설치했고, 남편은 아이 전용 의자도 하나 회사에 가져다 놨다고 했다.

남편은 회사에서 아이가 울면 업고 달래며 일 혹은 회의를 하고, 점심시간이 되면 아침에 싸간 도시락 뚜껑을 열어 아이 입에 밥도 퍼 넣는다. 대여섯 시간쯤 업무를 보고 집에 돌아오면 또 아이 저녁을 먹이고 씻기고 어질러진 집을 정리한다. 안쓰러운 마음, 말로 다 표현할 수 없어서 나는 나대로 '퇴근하면 빨리 돌아가서 남편 쉬게 해줘야지' 마음도 먹는다.

하지만 종이 체력인 나는 퇴근해서도 남편에게 별 도움을 주지 못한다. 출근 첫날, 팀 사람들과 점심 회식을 하고는 그대로 얹혀서 오후 내내 화장실을 들락거렸기 때문이다. 몇 차례 속엣것을 다 토해내고 흐느적거리며 집에

무리하기 않는 선에서
일하여,
계속 행복하자.

돌아왔다. 그 여파로 이번 주 내내 소화불량에 시달렸다.

나는 일하는 게 즐겁고 사람 사귀는 걸 좋아하지만, 한 가지 전제가 필요하다. 충분히 시간을 들일 것. 친해지는 데도, 회사 분위기에 적응하는 데도 남보다 곱절의 시간이 든다. 고약하게도 주변에서는 아무도 알 수 없고, 때로는 내 의식조차 인식을 못하는데, 정직한 몸은 그 긴장을 생생히 기억했다가 이런 결과를 낸다.

남편의 가족과 처음 식사를 했을 때도, 결혼하고 맞이한 첫 명절날에도, 나는 먹은 음식이 위장 한구석에 꽉 걸려서 며칠간 정신을 차리지 못했다. 어느 날부터 남편은 시부모님이 내게 음식 권유하는 걸 나무랐다. 같이 식사하는 자리에서 "그만 주세요. 반짝이 이거 먹으면 집에 가서 체해서 고생해요.", 고구마전을 비롯한 부침개를 챙기시던 어머님께 "기름진 거 싸주지 마세요. 반짝이 고구마도 별로 안 좋아해요.", 심지어 며칠 전엔 밥 사주신다고 나오라던 시부모님께, "그날 미세먼지 심하대요. 반짝이 비염 있어서 안 돼요." 하는 식.

스타카토와 악센트가 버무려진 남편의 화법은 상대의 말문을 막는 특징이 있다. 아니, 그 다정하고 부드럽던 콘

트라베이스 같던 남자는 어디 갔어? 남편의 말투는 나에게도 예외 없이 적용된다. 특히 체력관리를 제대로 하지 못했을 때, 이제껏 내 부모에게 듣고 자란 잔소리와는 비교도 안 될 만큼 따가운 말들을 듣는다.

"좋다. 비도 오고 아침에 통화도 하고, 좀 있으면 우리 만나고, 목소리를 못 듣고 자서 그런지 잠을 설쳤거든. 반짝이 식사 잘 못 챙겨 먹어서 걱정이 많이 돼."

2012년 연애 시절, 남편에게서 받은 편지 내용이다. 유학을 떠나기 전까지만 해도 남편은 내게 종종 편지를 써줬다. 꿀이 뚝뚝 떨어지는 글을 적어주던 로맨틱하던 남편이 어쩌다 이렇게 냉정해진 건지. 남편이 내게 줬던 편지를 주섬주섬 읽으며 나는 조금 반성했다. '곰보다 여우'라더니 섬세한 남자가 곰 같은 날 만나서 성깔만 사나워졌구나. 그러면서 부부싸움 끝에 남편이 항상 내뱉던 말도 번뜩 생각이 났다.

"왜 맨날 나만 나쁜 놈이야? 아주 천하의 쓰레기지, 내가!"

＊

솔직히 말하자면 나는 일과 삶을 잘 분리하지 못한다. 아니, 못했었다. 앞으로는 그러지 않으려고 마음먹고 있으니 과거형으로 적어야 맞는 것 같다. 연애 시절에도 신혼 기간에도 나는 일을 짊어지고 퇴근했다. 남편이 내 퇴근 시간에 민감한 사람이다 보니 나름 절충한 거였는데, 12시 넘도록 일을 하다 책상에서 잠든 다음 날, 비염 증상이 심해져서 재채기를 하고 맑은 콧물을 쉴 새 없이 흘리곤 했다.

그게 남편에게는 트라우마가 된 것 같다. 요즘 출근하는 나에게 신신당부하는 부분도 결국 일과 삶의 균형, '워라밸'에 관한 잔소리다. 유학 이전의 삶을 떠올려 보면 나는 내가 생각해도 컨디션 관리를 잘 못했다. 체력이 좋지도 않은데 퇴근길에 친구를 만나고 늦게까지 수다를 떠는 게 좋았다. 남편은 그때마다 이렇게 말했다.

"차라리 그 시간에 운동을 해!"

대체로 우유부단하고 거절 못하는 내 성격, 친구 좋다고 강아지처럼 여기저기 꼬리를 흔들며 바삐 다니는 모습 때문에 다툴 때가 많았던 셈인데, 그런 남편의 마음이 이제야 조금씩 이해가 되려 한다. "너 아프면 나만 손해야!"라는 말이 그렇게도 서운했는데, 알고 보니 맞는 말이다. 나 역시 남편이 아프면 원래도 고된 집안일이 유난히 벅차게 느껴진다.

　고작 일주일 일했을 뿐인데, 교토에서 남편이 홀로 벌이를 하고 내가 살림을 도맡아 할 때의 일들이 무작위로 스쳤다. 남편이 퇴근길에 잔뜩 장을 봐오던 모습, 저녁을 먹고 아이를 씻기던 모습, 아침마다 분주히 분리수거를 하던 모습. 나도 살림을 안 해본 게 아니니, 집과 아이를 돌보는 일이 얼마나 수고로운지 잘 안다. 그래서 직장에 다니게 되어도 집에 돌아오면 내가 할 수 있는 일을 찾아서 빈자리를 메울 각오를 하고 있었다.

　그러나 현실은 사뭇 달랐다. 아직 적응이 덜 되어 그런 건지도 모르지만, 아이는 종일 보이지도 않던 엄마가 돌아오자 잠까지 내쫓으며 나와 놀려고 했고, 아이에게 책을 읽어주고 놀다가 재우는 두 시간만으로도 충분히 고단함을 느꼈다. 쓰레기 분리수거, 설거지, 아이 목욕 같은 것들은 내 체력으로 언감생심 넘볼 수도 없는 영역이다.

헤밍웨이의 소설 《노인과 바다》가 떠올랐다. 노인이 거친 파도와 비바람 속에서 사투를 벌이던 장면을 머릿속에 그렸다. 남편은 배 안으로 차오르는 물을 바삐 퍼내는 노인으로 둔갑했고, 나와 아이는 그 위태로운 배 한쪽에 쪼그리고 앉아서 눈물로 범벅이 되어 있다. 상상만으로도 정말 도움이 안 되는 조합이다.

남편 말대로 나는 나를 너무 모르는 사람인지도 모르겠다. 잘할 수 있다고, 내가 하겠다고 촐랑거리는데 사실은 몸을 사려야 하는, 그런 사람인 건 아닐까? 이제 나란 사람은 남편의 잔소리 포인트를 좀 줄일 수 있도록 무리하지 않는 연습을 해야 할 것 같다. 다시 나긋나긋한 과거의 그 남자로 돌아올 가능성은 크게 없어 보이지만, 그래도 건강하게 오래오래 남편과 함께 하려면 적어도 스트레스는 주지 말아야겠기에.

'좋은 놈, 나쁜 놈, 이상한 놈' 중에 '이상한 놈(좋은 놈은 또 매력이 없어요)' 정도로 남편의 포지션을 정해본다. 안 하던 말을 하려니 쑥스럽기도 하지만, 남편에게는 전달되지 않을(남편은 혹시라도 상처 받을까 봐 절대 내 글을 읽지 않는다) 짧은 메시지도 남긴다.

"여보, 고마워. 경력 단절됐다고 조급해하는 오빠를 보니, 출근하는 내 마음도 마냥 편하지는 않네. 82년생 김지영이 아니라 '83년생 우리 남편'이구나 싶어. 무리하지 않는 선에서 일하며, 계속 행복하자. 브로맨스 같은 우리 사이, 영원하라!"

아직은 함께 나누기
복잡한 주제, 페미니즘

교토에서 지내던 시절, 우리 부부는 노트북으로 종종 한국의 뉴스를 챙겨봤다. 한창 '미투(Me too) 운동'과 여성 혐오 사건이 끊이지 않던 때에 나는 남편의 이중적인 사고를 목격했다. 노인과 약자(여자, 아이)를 사회적 차원에서 마땅히 보호해야 한다고 철석같이 믿으면서도, 어떤 사안에 있어서는 남성 특유의 선입견을 끝내 버리지 못했다.

이를테면 대한민국 사회를 떠들썩하게 한 전 충남지사

비서 성폭행 사건의 시비를 지켜보며, 남편은 "알 수 없는 거다"란 말을 가끔 했다. 안 전 지사의 아내가 증언을 자처한 뒤부터였다. 그 말을 들을 때마다 솔직히 불편함을 느꼈다.

'그런 음흉스러운 시선이 피해자를 두 번 죽이는 거라고!'

무의식에서 튀어나온 남편의 말에 발끈하자니 무안해할 것 같고, 아무 말 없이 넘어가기엔 피해자에게 한없이 미안해지던 순간이었다.

남편이 평소에도 권위적인 사람이냐 묻는다면 그렇지도 않다. 연애 때 '이 사람이라면 결혼해도 괜찮겠구나' 생각했던 이유도, 4년쯤 살다가 '우리 옆에 아이가 한두 명 있어도 그리 어색하진 않겠구나' 싶었던 이유도, 나를 여자가 아닌 오랫동안 함께할 사람으로 바라봐주는 느낌이 짙었기 때문이다.

한 가지 더, 남편은 돌아가신 어머님(아버님은 현재 재혼을 하셨다)에 대해 복잡한 감정을 가지고 있다. 예민하고 날카로웠던 엄마, 유난히 자기에게만 혹독했던 엄마가 왜 그랬던 건지, 나를 통해 짐작하고 이해하는 모습이 인상적이었다. 돌아가신 어머님은 배움에 대한 갈망이 컸던 분이다. 아마도 어머님은 잘나가는 남편을 뒷바라지하며 홀로 아들 둘을 키우는 게 힘에 부치셨을 거라고 짐작했다. 명문대를 졸업하고 외국계 기업에 다니는 남편과 자신을 끊임없이 비교하며 더 나아져야 한다는 강박을 느꼈을지도 모를 일이었다.

어머님은 암 투병 생활을 이어가면서도 병실에서 틈틈이 방송통신대학 강의를 들으며 사회복지학 공부를 하셨다고 한다. 끝내 졸업을 하지 못하고 돌아가셨지만, 어쩌면 내가 수험생이었을 때보다 더 성실하고 겸손한 자세로 학업에 임했을지도 모른다.

본인에게 어떤 능력이 있는지도 알아채지 못한 채 한평생 가족들 뒷바라지만 하다가 눈을 감은 한 여성의 인생이 늘 남편 마음 한구석에 존재한다. 직접 경험하지 못한 어머니의 삶을 이해하려고 고민하는 남자라니, 가끔은 진짜 자랑하고 싶기도 하다. 남편이 내게 늘 하고 싶은 일, 살고 싶은 방향에 대해 묻는 것도 그만큼 내 꿈을 막고 싶지 않은 마음이 크기 때문일 것이다.

그런 남편과 같은 사안을 바라보면서도 시선이 같지 않을 때, 나는 당혹감을 느낀다. 남녀를 둘러싼 수많은 편견이 내 남편에게도 일부 남아 있음을 알아챘을 때 왠지 모를 벽이 느껴지는 것이다. 그 비슷한 정도의 괴리감을 우리 부부의 삶에서 찾아보자면 출산과 육아 과정을 예로들 수밖에 없다. 우리는 아이가 태어나기 전까지 나름 호흡이 잘 맞는 부부였다. 물론 한국에서 둘 다 일을 하던 시절에는 살림 분담을 두고 이러쿵저러쿵 말이 많았지만, 신기하게 교토에서 둘 다 학생이 되고 보니 싸울 일이 반으로 줄었다.

출근을 안 하던 유학생 시절의 남편은 모든 게 자발적이어서 청소나 빨래 등 집안을 돌보는 일에 몰두했고, 나는 자연스럽게 베짱이처럼 지냈다. 남편이 커피를 내려주면 그 커피를 마시며 책을 읽었고, 남편이 화분에 물을 주는 동안에는 음악을 듣거나 영화를 봤다. 나른한 내가 움직이기 시작하는 때라곤 밥시간뿐이었다. 요리를 좋아하는 편이라, 로프트 층이 있는 작은 원룸에서, 지금까지 살아본 그 어떤 집보다 부엌이 작은 집에서 별별 요리를 다해 먹었다.

영화 〈리틀 포레스트〉를 본 어느 날엔 80~90리터 정도 됐을 작은 냉장고 안에서 연근이며 가지 같은 채소를 꺼내 튀김 요리를 만들었고, 작은 토스터 오븐으로 그라탱이며 피자를 굽는 날도 있었다. 남편의 채근 없이 자발적으로 살림을 하는 건 뭐랄까, 굉장히 이상적인 일이다. 남편 역시 그런 홀가분한 마음으로 기꺼이 가사에 동참했던 것이리라.

하지만 아이를 낳고, 둘 중 누군가는 돈을 벌고, 누군가는 아이를 돌봐야 하는 순간이 왔을 때, 남편은 아무런 고민도 없이 자신이 먼저 사회에 안착하길 바랐다. 예정일을 일주일 앞둔 만삭의 산모(나)가 입시를 포기하려 할 때 자신 없는 내 마음을 붙들어주고 "너는 할 수 있어!" 하고 응원하던 그 남자가, 이제 "너는 아이를 봐야지." 하며 나를 타일렀던 것이다.

아이를 낳고 나는 몸에 남아 있던 모든 기운이 소진되어 회복을 도모해야 했고, 당시에는 그 길이 아닌 다른 길을 고민할 여유도 없었으니 그 선택을 후회하는 건 아니다. 그리고 학교를 복학하기 전까지 1년간 아이와 꼭 붙어 지내던 그 시간은 내 생애 가장 큰 특혜, '천사와 함께 한 시간'이었기에 원망스러운 마음도 없다. 하지만 뉴스를 보며 의견이 갈렸을 때, 어안이 벙벙하던 그때와 비슷한 기분이 돼버리는 건 어쩔 수 없는 노릇이었다.

*

남편은 '페미니즘'이나 '페미니스트'와 같은 단어에 대해서도 묘한 불편함을 느끼는 것 같다. 내 보기에, 남편은 이미 사회적 약자인 여성을 위하는 마음, 페미니즘을 삶에서 어느 정도 실천하고 있는 사람임에도 '너는 남편을 사모하고 남편은 너를 다스릴 것이니라(창세기)', '아내들이여 자기 남편에게 복종하기를 주께 하듯 하라(에베소서)'와 같은 성경의 계명을 더 깊이 신뢰했다.

물론 나도 같은 신을 믿고 있으니 성경에 적힌 구절을 거부하거나 곡해할 생각은 없다. 하지만 그렇다고 남편의 다스림이 억압처럼 느껴지지 않는다거나 복종이라는 단어가 주는 위화감을 느끼지 못하는 것은 아니다(하지만 결론적으로 나는 죄인이다. 이 구절을 실천하지 못할 때가 더 많으므로). 내가 하고 싶은 말은 신은 공평하시다는 사실이다. 남자들에게 '남편들도 자기 아내 사랑하기를 그리스도께서 교회를 사랑하시고 위하여 자신을 주심 같이', '제 몸 같이' 하라고 하셨으니.

최근에 와서는 신학 안에서도 '성경 속 페미니즘'을 연구하는 분야가 생겼다고 한다. 이 이야기는 부부 관계 심리학을 연구하는 박성덕 소장님께 들었다. 몇 년 전《우리는 사랑에 대해 얼마나 알고 있을까》의 번역 의뢰 건으로 만나 뵙게 되었는데, 미팅 때마다 들려주시는 말들이 주옥과도 같았다. 학자로서의 의견도 의견이지만 나는 소장님의 삶의 태도가 좋았다. 소장님이 자신의 아내와 두 아들을 대하는 존중과 애틋함이 존경스러웠다.

남편은 기본적으로 여성을 배려하고 지지하는 마음가짐을 가지고 있다. 대학 시절, 디자인을 공부할 때 학과 50명 인원 중 네 명만이 남자였다고 하니, 그때부터 꽤 오랫동안 여초 사회에 발을 담고 있으면서 저절로 그런 자세를 익혔다(사회생활을 하는 동안에도 늘 여자들이 많은 조직에 속해 있었다).

가끔 동기들(주로 여자 동기들)의 실력에 대해 말해줄 때

가 있는데, 그때마다 나도 감동하며 경청한다. 현재 프리
랜서로 일하고 있는 회사도 남편의 대학 동기가 운영하는
곳인데, 미국 패션 학교를 졸업하고 한국으로 돌아와 자
기 브랜드를 냈다. 남은 원단을 재활용해 가방이나 의류
를 만드는데, 디자인이 좋아서 나도 그곳 에코백을 5년째
잘 들고 다닌다.

"여자들도 능력이 뛰어나고 다들 실력이 있어! 그러니
당연히 그들의 꿈도 지지하지. 근데 난 스스로가 '페미니
스트'라고 강조하는 게 어쩐지 좀 불편하더라고. 다가가기
어렵다고 해야 할까?"

남편은 내가 《일간 이슬아 수필집》이나 《82년생 김지
영》같은 도서에 관심을 기울일 때 주로 저런 어정쩡한 대
답을 한다. 할 말은 있지만 그만하겠다는 그 태도에 나는
황당함을 느낀다. 그리고 남편이 여성들의 다양한 모습을
개성으로 보지 못하는, 끝내 벗지 못하는 색안경에 답답
함을 느낀다.

교토에서 홀로 아이를 돌볼 때, 아이는 무겁고 내 몸은

오후 6시만 되어도 피로에 절어 남편에게 하소연을 자주
했었다. 남편은 나보다 체력이 좋으니 나를 대신해 아이를
씻겨줬으면 좋겠고, 퇴근하면 내게 껌처럼 붙어 있는 아이
를 데려가 내내 안아줬으면 했다. 그때 가장 섭섭한 반응
은 "당연히 엄마가 해야 할 일을 자신에게 미룬다"는 식으
로 말하는 것이었다. 내 아이(아들이다)도 자라서 다정하고
좋은 남편임에도 불구하고, 결정적으로는 꽉 막힌 남자로
자라는 건 아닌지 진심으로 염려가 된다.

한국으로 돌아와 역할을 바꾸게 되니, 이따금 들던 생각
이 무색해질 정도로 우리의 삶은 새로운 구조를 향해 꿈틀
꿈틀 다가간다. 어젯밤, 잠자리에서 남편이 내뱉은 말을
듣고는 안쓰러움과 대견함을 동시에 느꼈다. 늦은 밤, 머
리맡에서 아이 식사와 낮잠 시간을 고민하는 남편의 넋두
리를 듣게 될 줄이야.

"하아~ 월요일이 오는 게 두려워. 지민이 데리고 회사
가면 낮잠 시간이 애매해져서 집에 와도 자지를 않아. 내
일 아침은 반찬 뭐 먹이지?"

"내가 끓여놓은 국이랑 생선조림 먹여. 김치 씻어서 잘

라줘도 잘 먹잖아."

"그거 점심에 먹일 건데, 똑같은 거 먹으면 지겨울 거 아니야."

"냉동실에 너겟 있던데, 그거 아침에 구워줘도 되겠다. 내가 퇴근하고 집에 와서 반찬 하나 더 만들게."

"아, 맞다. 그래야겠다. 수프도 끓여줘야겠다."

이제 곧 나보다도 더 가사 노동을 깊이 이해하고 아빠 육아책도 입으로 쓸 수 있을 것 같은 자랑스러운 남편이다. 페미니즘은 결국 대상을 향한 '사랑'을 기반으로 하는 게 아니겠나 생각하며 그날 밤 오랜만에 숙면을 취했다.

최선을 다하는 중
vs. 죽을힘으로 버티는 중

한국에 돌아오고 새로운 생활에 적응하는 몇 달 동안 계절이 바뀌었다. 긴 소매 상의가 조금 덥게 느껴지던 초가을 날씨는 온데간데없고 기온은 0℃ 주변을 맴돈다. 그 사이 나는 직장 생활에 새로이 적응하랴, 백과사전 두께(무려 1,244쪽)의 책을 편집, 마감하랴 정신을 못 차릴 정도로 바빴다. 남편은 여전히 일주일에 세 번, 아이를 데리고 출퇴근하며 밀린 살림과 아이 돌보기에 여념이 없다.

우리 가족이 요즘 가장 좋아하는 시간은 단연 주말이다. 나는 무슨 일이 있어도 금요일에는 야근하지 않으려고 월요일, 화요일부터 스스로를 재촉해 일에 속도를 내고, 주말에는 가족과의 시간을 즐긴다. 가끔 차를 타고 근교로 나가기도 하는데, 그때마다 차 문을 제대로 열지 못해 남편에게 한소리를 듣는다. 도대체 차 문을 여는 키는 언제부터 사라져서 손가락으로 꾹 누르게 되었는지. 지난 주말에도 남편은 아이를 안고 있고, 나는 문을 열려고 손잡이를 당겼다.

"이거 왜 이렇게 안 열리지?"

"손잡이 버튼 누른 다음에 문을 열라니까. 제대로 눌렀어?"

"누르고 있는데, 안 열려~ 나도 나름 최선을 다하고 있다고!"

"나름, 최선, 이런 나약한 마음가짐으로는 안 돼! 힘을 빡! 빡!"

반쯤 장난 섞인 실랑이지만 나는 실제로 '나름', '최선' 등의 단어를 자주 사용한다. 극단적인 표현, 단언하는 말투를 꺼리는 나에게 가장 적절한, 최대치의 언어이기 때문이다. 하지만 "나름 최선이었어." 하고 말할 때 남편은 그 마음을 부족하게 받아들여 오해를 하곤 한다. 한계를 정하고 '내가 줄 수 있는 마음과 배려는 여기까지'라며 선을 긋는 듯 느껴진다고 한다. 대신 남편은 본인이 나를 위해 애쓰는 마음을 "죽을힘을 다하고 있는데……."로 응수한다.

지금까지 나는 아파도 '아파 죽겠다'는 식의 표현을 써본 적이 별로 없다. 목 아픈 게 좀처럼 나아지지 않아서 이비인후과에 갔을 때에도 "이렇게 될 때까지(의사는 편도가 헐다 못해 싹 벗겨졌다고 했다) 어떻게 참았냐"는 얘길 들었고, 등산을 다녀온 뒤에 두통이 가시지 않아 내과에 갔을 때는 의사에게 혼이 나기도 했다. "아니, 사랑니를 빼고 등산을 하는 미련한 사람이 어디 있답니까? 정신이 있는 거예요, 없는 거예요!"

나는 어딘가 미련한 축에 속하는 사람이다. 신체적·정신적 스트레스가 켜켜이 쌓여 병을 만들 때까지 스트레스를 인지하지 못하다가 호되게 앓아야만 지나간 시간을 곱씹으며 원인을 찾아 나선다. 하지만 절대적으로 불행하거나 아픈 사람이라고는 생각하지 않아서인지 함부로 않는 소리를 하지는 못하겠다. 이쯤 하면 미련하다는 말 말고는 딱히 다른 표현이 어울리지 않는다.

그래서 남편과 다툴 때도 최대한 이성적이고 중립적인 표현을 찾고자 애쓴다.

"생각해봐. 나라고 뭐 크게 다르겠어?"

"나는 어떤 것 같은데? 내가 노력하는 건 안 보이나 보지?"

"사람은 다들 자신에겐 관대해. 오빠한테 내 흠이 유난히 커 보이는 것처럼."

"아니, 왜 그렇게 감정적이야? 좀 이성적으로 대처할 수는 없는 거야?"

적어 놓고 보니 좀 재수가 없는 것도 같다. 남편이 말다툼하다가 콧바람 쌩쌩 내쉬며 입을 닫는 이유를 알 것도 같다. 말하자면 나는 이성적임을 빙자해 상대방의 말문을 막는, 방어 기제가 유난한 사람일 뿐이다.

가끔은 남편의 솔직한 화법이 부러울 때도 있다. 남편은

사실은 누군가에게
'죽을힘으로 버티고 있다'고
고백하여 위로받고
싶어 한다는 사실.

기쁨과 슬픔, 자잘한 즐거움과 웃음, 이유 없는 처짐과 들 뜸, 이 모든 감정 앞에서 가장 적절한 표현을 골라 말로 구 사하고자 노력한다. 그래서 나로 인해 깊이 상처 받았을 때는 적절한 묘사로 본인이 얼마나 마음이 시끄러운지 전 달하고 싶어 한다.

사실은 그 솔직함에 나 스스로가 부끄러워졌던 적도 몇 번 있다. 가장 기억에 남는 순간은 교토로 유학을 떠났던 5년 전, 5월. 나는 그때 왼쪽 팔을 하나도 움직이지 못했 다. 교토에 도착해 어학원 입학식이 끝난 다음 날, 그러니 까 교토 생활을 시작한 지 열흘 남짓 되었을 때 자전거를 타다가 넘어져서 팔꿈치가 산산조각 부서졌다. 일본 병원 에서는 일본어도 유창하지 않은 외국인의 수술을 맡고 싶 어 하지 않았다. 결국 나와 남편은 급히 귀국해 입원 및 수 술 절차를 밟았다. 조각조각 부서져 흩어진 뼈들을 다 주 워 모아 붙이느라 난생처음 전신마취를 하고 8시간 정도 수술대 위에 누워 있었다.

한 달 정도 경과를 지켜보느라 나는 고향집에, 남편은 먼 저 교토로 돌아갔다. 5월 어린이날, 우리는 재회했다. 나는 팔을 구부릴 수도, 손목을 돌릴 수도 없었고, 한국에서는 재활을 받아주는 정형외과도 없었던 탓에 재활운동은 시작도 못 한 상태였다. 수술 뒤 3개월 이내에 구부리는 각도를 회복하지 못하면 장애가 생길 거라는 의료진의 이야기를 듣고 퇴원했던 나는, 남편을 다시 만났을 때 살면서 가장 어두침침한 마음이었다.

남편에게 짐이 되고 싶지 않았다. 한쪽 팔로는 할 수 있는 게 없는데도 계속 혼자 할 일을 찾아다녔다. 옷도 스스로 입고 벗으려 했고, 한손으로 달걀프라이를 해서 밥 위에 얹어 끼니를 해결하려고도 했다. 더는 남편에게 머리를 감겨달라고 부탁하는 것도 미안해서 샤워기를 거치대에 꽂아 고정한 뒤 한 손으로 겨우 머리를 감았다. 고집스러운 내 행동들을 보며 어느 날 남편이 진심으로 화를 냈다.

"그냥 고맙다고, 빨리 낫겠다고 하면 되는 거잖아! 왜 그렇게 고집을 부려!"

갑자기 눈물이 났다. 죽을힘을 다해 나를 참아주고 있는 남편도 힘들었겠지만, 나름 최선을 다해 폐를 끼치지 않으려고 할 일을 찾는 것도 곤혹이라면 곤혹이었다. 하지만 한편으로는 알고 있었다. 내가 이상한 방식으로 남편에게 떼를 쓰고 있으며, 무척 피곤한 방식으로 내 안의 절망감을 표출하고 있다는 것을. 21개월 된 우리 집 꼬맹이가 막무가내로 떼를 쓴다고 해도 그때의 내 고집에 비할 수는 없을 것이다.

나는 꺽꺽 울면서 미안하다고 말했다. 이렇게 생겨먹은 나는, 이게 최선이라고, 긴 병에는 효자도 없다는데, 결혼하고 유학까지 와서 짐이 되는 아내이고 싶지는 않다고. 남편은 그런 말을 듣자는 게 아니라고 했다. 고마울 때는 고맙다고, 미안할 때는 미안하다고 하는 게 솔직한 거라고도 했다. 나는 그 뒤로 조금 뻔뻔하다 싶을 만큼 차려주는 밥상을 받아먹고, 재활에만 신경을 썼다.

내 몸 어디에도 닿지 않던 왼손은 점점 회복되어 머리칼에, 얼굴에, 목에 닿았다. 어깨에 손가락이 닿기까지는 1년이 꼬박 걸렸다. 하지만 재활이 끝나고 내 뱃속으로 아기가 찾아왔고, 입덧이 심해서 헛구역질과 토를 반복했다. 교토에서 생활하던 3년 동안 남편은 늘 내 짐을 들고 다녔다. 팔을 다쳐서 수술하고 재활하는 동안, 아기가 들어서서 배가 남산만 해질 동안, 아기를 낳고 몸이 회복되는 동안. 남편이 농담으로 교토에 내 시중 들러 다녀온 것 같다고 할 정도이다.

그래도 그 고생을 하며 다닌 끝에 우리는 서로를 조금 더 알게 되었다. 어딘가 허술해서 겸손이 몸에 밴 내가 입버릇처럼 하는 말이 '나름 최선'이라는 사실, 예민하고 깐깐해서 주변을 피곤하게 하는 남편이 사실은 누군가에게 '죽을힘으로 버티고 있다'고 고백하며 위로받고 싶어 한다는 사실 같은 것 말이다.

오늘(토요일)도 오후 1시까지 자고 싶은 마음을 꾹 참고 일어나(이때가 아침 7시 30분) 아이에게 사과를 깎아주고 다시 잠든 나. 다시 잠들어 아이가 "맘마 맘마" 보채는 데도 안 깨는 마누라한테 한소리 하고 싶지만, 죽을힘 다해 일어나 멸치를 볶아 아이 아침을 차려준 남편. 그리고는 "나가, 나가자" 하는 아이를 데리고 후다닥 근교로 외출을 다녀온 우리. 우리는 나름 최선을 다해, 혹은 죽을힘으로 버티며 밋밋한 일상에서 매일, 행복 한 줌씩을 줍고 있다.

완벽한 주부 9단으로
거듭나고 있습니다

"부추가 너무 싱싱해서 사봤어. 요리 프로그램 보니까 보리새우랑 섞어 구우면 바삭하고 맛있대."

평화롭고 맛있는 주말이다. 나는 아이와 놀아주고 있고 남편은 부엌에서 부추부침개를 부친다. 기름 끓는 소리와 반죽이 익어가는 냄새, 베란다로 들어오는 오후 햇살까지 모든 게 아름답고 눈부시다. 불과 몇 개월 전만 해도 끼니

때 부엌 앞에 자연스럽게 섰던 사람은 나다. 그런데 이제
는 그 역할을 아이가 허락하지 않는다. 평일에 나와 찐하
게 보지 못하는 아이는 주말이면 항상 내가 자기 옆에 있
어야 안심을 한다.

과거, 교토에서 남편이 일을 하고 내가 주양육자일 때도
그랬다. 아이는 아빠가 집에 있는 시간이면 놀이 상대로
늘 남편을 선택했다. 몸으로도 놀아주고 장난감으로도 놀
아주고, 아이를 씻기면서도 같이 호응해주던 아빠 역할이
이제는 내가 된 것이다.

남편도 아이의 마음을, 또 아이와 자주 함께하지 못하
는 내 아쉬움을 알기에 주말에도 식사 준비는 웬만하면 본
인이 하려고 마음먹은 것 같다. 난 또 그게 미안해서 설거
지를 하겠다며 나서고 남편이 좋아하는 파스타를 만들겠
다고 재료 사러 장을 보러 가자는 얘기도 한다. 이렇게 훈
훈할 수가.

물론 항상 이렇게 서로 위해주기만 하는 건 아니다. 지금
과 같은 안정이 찾아오기까지 나름 우여곡절이 있었다. 한
번은 출근 이후 두 번째로 잡힌 저녁 약속이 부부싸움의 불
씨가 되었다. 누군가 퇴사를 앞두고 있어서 팀 사람들끼리

저녁 한끼 하자는 얘기가 나왔고, 그날 밤 나는 밤 11시가 다 되어 집에 도착했다. 정확히 9시 50분에 다 같이 일어났지만, 가게에서 지하철을 타기까지, 집 근처 역에서 내려 걸어오기까지 총 1시간 20분 정도가 걸렸다.

발단은 쓰레기 분리수거와 빨래였다. 쓰레기가 다 차면 알아서 좀 버리면 안 되냐, 아이 재우고 나오면 할 일은 다 끝나는 거냐, 세탁기 건조기 좀 수시로 확인하고 정리해달라…… 순간 막걸리 한 잔 들어간 내 입이 방정을 떨었다.

"그럼 오빠가 나가서 다시 일하던가!"

말이 끝나기가 무섭게 나는 손으로 입을 막았다. 하느니만 못한 말, 해서는 안 될 말을 남편에게 해버렸다. 내가 아이를 돌보며 욕심껏 외주 일을 받아서 할 때, 남편한테 들은 가장 섭섭하고도 모욕적인 말이었는데. 나 역시 그때 살림이나 아이 돌봄이 내게만 집중된 것 같은 답답함에 자주 투정을 부렸다. 개구리 올챙이 적 생각 못 한다더니, 쯧쯧. 말을 쏟고 뒤늦게 수습하려던 나는 남편에게 곧장 사과를 했다.

"미안해……, 내가 잠깐 미쳐가지고."

"나는 지금 지민이 보느라 할 수 있는 게 하나도 없는데 (아이가 어린이집을 거부하기도 했고, 이내 코로나가 터졌다), 어떻게 그런 말을 해?"

"그러니까, 방금 그건 내가 한 말이 아니고, 도깨비가 한 말이야."

"너한테 이거 하라, 저거 하라 말하는 게 아니야. 마음만이라도 신경을 써달라는 거잖아. 집이 어떻게 돌아가는지, 나랑 지민이가 오늘 어떤 하루를 보냈을지 뭐 그런 것들."

이전에 남편과 내가 나누던 말들이 완벽하게 바뀌어 서로를 향했다. 이런 상황이 찡해서 조금은 울상이 되었다. 남편이 집안일과 돌봄을 거의 도맡아 하는 요즘, 하루에도 몇 번씩 갈등을 겪으리라는 사실을 누구보다 잘 알고 있다. 어느 날에는 언제쯤 사회로 복귀할 수 있을지를 생각하며 막막할 것이다. 아이가 잠깐 잠든 시간에는 뭔가 쓸모 있는 배움이 없을지, 아르바이트라도 하는 게 좋을지 하염없이 고민하며 인터넷 정보를 뒤질지도 모른다. 그러다가 주저앉기를 여러 번, 우선은 눈앞에 놓인 일에 최선을 다하자며 마음을 다잡고 마는 그런 일상.

　무력한 아이를 돌보다 보면 언제까지 내가 옆에 있어주는 게 좋을지, 또 언제부터 기관의 도움을 받아야 할지 머릿속으로 계산을 한다. 그런데 늘 예상을 뒤엎는 아이의 발달과 정서 상태로 그저 욕심을 내려놓는 게 최선일 때가 있다. 지금 남편은 그런 시간을 보내는 중이다.

　미안하면서도 한편으로는 지나간 나의 번뇌를 남편도 비슷하게 겪고 있다는 사실이 고맙고 반가웠다(나도 힘들었으니 너도 힘들어라, 이런 마음은 절대 아니다). 우리 각자가 엄마 혹은 아빠가 되는 게 아니라 '부모가 되어가고 있다'는 생각이 들어 왠지 뿌듯했기 때문이다. 남편과 나, 아이라는 삼각형 구도가 이렇게 견고해지고 있다.

✳

　생각해보면 남편은 늘 그런 사람이었다. 나와 친밀해지고자 내가 좋아하는 음악을 같이 들어주고, 특별히 관심이 없어도 내가 맛있다는 음식을 같이 먹어주며 심각하게 그 맛을 고민했다. 서운함을 표현하지 못해 입을 꾹 다물고 있는 나에게 자주 질문을 던졌고, 내 눈치를 살폈다. 내가 추천하는 책이 재미없어도 끝까지 읽었고, 아이를 돌보는 방식이나 살림법도 그간 내 움직임이나 생각, 태도 등을 잘 기억해뒀다가 더할 나위 없이 섬세하게 실천했다.

엄마가 아이를 걱정하는 마음을 아빠는 결코 따라올 수 없을 거라는 생각을 내심 가지고 있었다. 나는 이 아이를 직접 품었던 장본인이고, 한때나마 가느다란 줄로 연결되어 있었으니 당연하다는 생각도 했다. 오랜 편견의 결과로 모성애를 부성애보다 진한 것으로 짐작하며 지내온 것이다. 하지만 역할이 완벽하게 바뀐 지금의 상태에서 보면 꼭 그렇지는 않은 것 같다. 내가 느끼는 부자연스러움, 이질적인 공기를 남편 또한 어렴풋이 읽는다. 그 대상이 나이든, 아이이든.

남편이 아이를 돌보는 방식을 지켜보며 배우는 점도 많다. 나처럼 공신력 있는 누군가의 말이나 기준에 얽매이지 않고도 남편은 자연스럽게 아이와 놀아준다. 가끔 그 방법이 어처구니가 없을 때도 있는데, 아이는 신기하게 웃음을 빵빵 터트리며 자지러진다.

오늘만 해도 회사에서 일하는 도중에 아주 재미있는 영

상이 하나 도착했다. 집에 남편이 사놓고 딱 한 번 탄 스케이트보드가 있는데, 그 위에 접힌 담요가 깔려 있고 아이는 그 위에 누워 있었다. 남편이 보드를 밀면서 동영상을 찍은 모양인데, 바퀴가 굴러서 쓰윽 미끄러질 때마다 아이는 함박웃음을 짓는다. 이 놀이를 30분 이상 했단다. 아빠 육아가 아이의 사회성과 창의력에 영향을 준다는 전문가의 말을 믿어보기로 한다.

남편이 가정과 양육의 거점을 파악하며 몸에 익히고 있는 것처럼 나는 사회에서 또 다른 숙제를 떠안았다. 사회생활의 온전한 적응이나 업무 성과가 아니라 가정과 일의 양립을 새로 배운다. 사실 아이가 태어나기 전에는 무조건 내 일을 남편에게 이해받고 싶었다. 다시 출근하게 되면서도 나는 일을 허투루 하는 사람처럼 보이고 싶지 않아서 애를 쓴다. 그런데 그 마음이 불필요한 야근을 낳고 남편과 아이의 마음에 자잘한 상처를 남긴다면? '선택과 집중', '효율' 같은 것들을 자연스럽게 고민할 수밖에.

재일교포이자 일본의 정치학자인 강상중 교수는 자신의 에세이 《나를 지키며 일하는 법》에서 직업이란 사회로 들어가는 하나의 입장권이라는 말을 했다. 동시에 사회의

한 영역에 자신을 100퍼센트 맡기지는 말아야 한다고 강
조한다. '나다움'을 생각하는 일, 직업에 전부를 쏟아 붓지
않는 태도나 의식이 더 중요하다는 것이다. 내가 연습하고
있는 것도 바로 이 지점이다. 나를 궁지로 몰아넣으면서까
지 일에 몰두하면, 이제는 나뿐만이 아니라 남편과 아이의
사고까지 병 들 우려가 있다. 물론 생각은 쉽지만 실천은
여전히 어렵다.

　다툰 뒤 서로의 마음을 잘 다독이고 일어난 아침, 남편
이 끓여주는 북엇국으로 해장을 하고 출근했다. 물론 시간
이 빠듯해서 국에 밥 말아 후루룩. 남편이 출근할 때 아이
에게 치여 아침을 차려주지 못하는 날이 많았다. 그 미안
함 때문에 반찬이나 국이 있는 날은 억지로라도 밥을 먹
여 출근시켰는데, 그때가 생각이 나서 피식 웃었다. 부부
싸움은 싱겁게 끝이 났지만, 주부 9단 남편에게 잘 보이고
싶은 내 마음은 이제 시작이다. 요즘 부쩍 말이 는 아이는
뽀뽀를 하고 돌아서 현관문을 여는 내게 이렇게 인사한다.

　"엄마, 일찍!"

주양육자와
부양육자의 동상이몽

○
════════════════════
─────────────────
────────────
────────

견딜 수 없는 일은, 살면서 겪는 재난이나 불행의 고통에
인간이 끊임없이 지배당한다는 것이다. 그러나 이것도 훈
련하면 할수록, 그래서 그 고통을 유발하는 감각에 익숙
해지면 질수록 초조감에 휩싸인 감수성으로부터 치유될
수 있다.

— 장 자크 루소, 《에밀》 중에서

어릴 적 엄마는 크고 작은 삶의 순간마다 나보다 더 크게 놀라고 절망했다. 내가 달리던 자전거에 그대로 깔려 얼굴에 큰 상처가 났을 때도, 속 좋은 아빠가 보증을 잘못 서서 온 가족이 빚더미 위에 앉았을 때도, 오빠가 허리를 다쳐서 유도 특기생을 그만두게 되었을 때도. 엄마는 내가 위로해야 했고, 우리 남매는 항상 "엄마, 괜찮아! 별 일 아니야." 하는 말을 입에 달고 살았다. 그래서인지 오빠도 나도 아빠도 각자의 상처를 각자가 안고, 겉으로 드러내는 일이 없었다.

나는 간혹 생각한다. 엄마가 울음을 터뜨리는 대신 그때마다 복잡한 마음을 다잡고 나에게 "세상 살며 겪는 대부분의 일은 사실 별 거 아니야. 그래도 사람들은 뒤돌아서면 또 웃어." 하고 말해줬더라면 어땠을까?

세상을 향한 두려움에 늘 심장이 콩닥거렸던 이십대의 나. 기쁘고 행복한 순간에는 그때가 꼭 '폭풍전야'인 것만 같아서 아직 다가오지도 않은 불행을 떠올렸다. 그만큼 걱정이 많았고, 초조해서 자주 잠 못 이루었다.

남편을 만나서 사랑의 감정을 느낄 때, 나는 더 너그럽고 강한 사람이 되고 싶다고 느꼈다. 아이를 낳고는 행복한 엄마, 잘 웃는 유쾌한 엄마가 되겠다는 다짐을 했다. 그러면서 남편에게 이런 얘길 했다. 아이에게 달려드는 많은 장애물을 치워주는 엄마가 되기보다, 고민할 때 들어주고 옆에서 "넌 할 수 있다"는 말을 더 많이 해주는 엄마가 되고 싶다고. 그러면 아이는 최소한 나 같은 '쫄보'로는 자라지 않을 것 같다고.

"어떤 일이 벌어져도 쉽게 절망하지 않을 거야. 나는 계속해서 삶을 기대할 거야."

이런 호언장담을 하는 성격이 아닌데, 아이를 낳고 나는 의지가 강해졌다. 특히 불행에 대처하는 태도가 조금은 가벼워졌다고 할까? '쳇, 불행? 올 테면 와봐 어디!' 이런 게 아줌마의 강함이라는 건가 싶을 때도 있다. 어쨌든 남편도 내 의견에 동의했다. 자신도 앞에서 이끄는 게 아닌, 뒤에서 지켜보는 부모가 되고 싶다고 했다.

그때 나는 아이와 대부분의 시간을 같이 보내는 주양육자였다. 교토에서 지내는 동안, 하루가 다르게 홀로 할 수 있는 게 늘어가는 아이를 바라보며 철학자 비스름한 생각을 많이도 했다. 천장에 달린 모빌을 골똘히 바라보기만 하던 아이가 어느새 그걸 잡겠다고 손을 뻗고, 이불을 덮어주면 발로 휙 차버려 머리 위로 던져버리고. 뒤집고, 기고, 물고, 빨고, 앉고, 서고, 걷고. 아이는 존재 자체로 이미 '완성'인 것만 같았다.

＊

매 순간 아이 옆에서 나도 같이 자랐다. 아이의 신호를 가장 잘 아는 사람은 나라고 자부했고, 어느새 아이와 호흡이 척척 맞는 둘도 없는 친구가 됐다. 반면 아이와 보내는 시간이 절대적으로 짧았던 남편은 아이를 사랑하는 마음은 나와 같아도, 돌보는 방법에 있어서는 간혹 의견이 갈렸다. 같은 사고방식으로 아이를 바라보자 다짐했어도 우리는 종종 중심을 놓쳤다.

내가 가장 견디기 힘든 건 남편이 나를 극성 엄마 취급할 때였다. 아이 밥 때나 수면 시간 등을 시간표처럼 지키고, 어긋나면 얼굴에 수심이 가득 차는 나를 보며, "이래서 지켜봐주는 엄마 할 수 있겠냐."며 놀렸다. 아이가 밥알을

어떤 일이 벌어져도
나쁘게 결망하지 않을 거야.
나는 계속해서
20을 기대할 거야.

다 던지고 그릇을 집어던져 치우느라 근심까지 더해져 녹초가 된 나에게 "안 먹으면 주지 마~" 하고 말할 때, 그때 남편이 참 미웠다.

"너 크는 동안, 밥 징그럽게 안 먹었다고 장모님이 아직까지도 푸념하시잖아. 그래도 이렇게 다 커서 아이도 낳고 잘 살잖아. 한두 끼 적게 먹는다고 탈 안 난다니까?"

그렇게 호인 같이 말하더니. 남편은 요즘에야 낮잠을 제대로 자지 않으면 아이의 행동거지가 어디까지 거칠어질 수 있는지 알게 됐다. 고삐 놓은 망아지 수준이 이런 건가 싶다고 했다. 조금이라도 덜 피곤할 때 저녁을 줘야 밥알을 모래알처럼 흐트러트리고 던지는 비극적인 놀이(?)를 피할 수 있다는 것도 깨달았다. 내가 왜 오후 5시만 넘으면 "저녁 저녁" 입에 달고 살았는지 이해하는 눈치다.

주양육자와 부양육자는 서로 미묘한 온도 차를 느낀다. 주양육자 눈에 부양육자는 어딘가 어설프고, 맘에 꽉 들어차지 않는다. 부양육자는 주양육자를 바라보며 '조금 힘을 빼도 좋을 텐데'라고 생각한다. 나도 부양육자로서 요즘 남편에게 이 말을 자주 한다. "안 먹으면 그냥 내버려 둬!" 그리고 이 말속에 "오빠가 너무 힘드니까 애쓰지 마. 쉬어, 쉬어!" 하는 마음을 숨겨 넣는다. 물론 이 마음은 대체로 잘 전달되지 않는다.

주양육자가 아내든 남편이든, 아이와 긴 시간 붙어 있는 이들이 힘든 이유는, 홀로 아이를 보는 동안 그 사람은 일당백이 되기 때문이다. 휘리릭 반찬을 준비하며 아이와 눈을 마주쳐야 하고, 아이와 놀아줌과 동시에 집도 정리해야 한다. 근데 뭐 하나 완벽해지지 않으니 미칠 노릇이다. 아이들은 중간이 없어서, 예측할 수 없는 방법으로 사물을 연구하고, 순식간에 모든 환경을 아수라장으로 만들어버린다.

그래서 나는 요즘, 고마움과 미안함이 뒤섞인 채 바삐 퇴근을 한다. 남편은 진작 아이 저녁을 먹이고 씻겼다고 했다. 피곤해 보여서 일찍 재워야 할 것 같다는 말도 덧붙였다. 집 근처에 다 왔을 때 군밤 파는 아저씨가 보였다. 제법 바람이 매서워진 초겨울 밤, 군밤을 좋아하는 남편이 생각나서 밤 한 봉지를 샀다. 식지 않게 종종걸음으로 서둘러 현관 앞에 도착해 문을 열었다.

"여보, 군밤 먹어!"

군밤을 나눠 먹으며 우리는 오늘 있었던 일들을 서로 나누었다. 길지도 않은 시간이지만, 이렇게 잠시 서로에게 귀 기울이며 대화를 하다 보면 어느새 또 아이의 미래를 생각하고, 그 근처 어딘가에 서 있을 우리의 모습을 상상한다.

250여 년 전, 장 자크 루소는 말했다. 인생의 각 단계에는 그 시기에 맞는 완성과 성숙이 있다고. '완성된 사람'이라는 말을 아이에게 적용해 '완성된 아이'라고 말하면 그 표현이 새롭고 유쾌하다고도 했다. 그러면서 그는 발전하고 진보하며 자란, 성숙한 감각과 정신, 육체를 갖춘 열두 살 남짓한 아이를 떠올린다. 그런 아이와 교사인 자신이 서로를 지배하거나 구속하지 않는, 마음이 잘 맞는 관계일 거라고 말하면서.

나도 남편도 그런 미래를 꿈꾼다. 아이는 행동이 자유롭지만 허영에 물들지 않은 상태였으면 좋겠다. 그 어떤 것에도 구속되지 않고 자기의 길을 생각하며, 실천했으면 한다. 제 부모를 돌아보며 세상에서 가장 근사한 웃음을 보여준다면 나도 그 아이를 신뢰 가득한 눈으로 바라보며 자주 말해줄 것이다.

 "괜찮아, 별 거 아니야. 넌 잘하고 있어!"

아빠가
아이를 돌본다는 것,
그리고 편견

아침에 출근 준비를 하다 보면, 아이는 자고 있을 때가 더 많다. 깨지 않게 조심조심 움직이며 씻고 물 한 잔 마시곤 바로 집을 나서는데, 자던 아이가 깨면 내 코트 자락을 붙들고 울음을 터뜨리기 때문이다. 옷을 벗기려고 하고, 이제 조금씩 말 연습을 하는 아이는 "앉아, 앉아!" 혹은 "같이 같이!" 하며 나를 붙들고 늘어진다. 출근하는 마음이 이렇게나 무거운 것인지 알았더라면 남편의 취업 준비를 열심히 거들며 집에서 아이를 돌봤어야 했나 하는 생각도 솔직히 든다.

회사에 도착하면 틈틈이 남편이 보내주는 아이 사진이나 동영상을 보며 흐뭇한 미소를 짓다가 다시 일에 집중한다. 아이를 집에 두고 회사에서 일하면서 결혼 전의 내가 얼마나 느긋하게, 간간이 딴짓을 일삼으며 일을 했었는지 깨달았다. 지금은 컵에 물을 담아오거나 믹스커피를 타 놓고도 일하느라 정신이 팔려 다 마시지 못할 때가 있다. 내가 이렇게 집중력이 강한 사람이었다니. 업무 속도가 정말이지 미쳤다고 할 수 있을 정도로 빠르다.

'내가 이런 사람이었나? 너무 빨라서 낯선데, 너 쫌 멋있다?'

이게 다 제시간에 퇴근하기 위한 노력이다. 회사에서 집까지 한 시간이 조금 넘는 거리이다 보니 아무리 서둘러 집에 도착해도 아이는 벌써 다 씻고 잘 준비를 하고 있다. 그럼 나는 재빨리 씻고서 아이에게 책을 읽어준다. 한두 시간 뒹굴뒹굴 놀다 보면 눈에 졸음이 찬 아이는 내 팔을 베고 스르르 잠이 든다.

야근만 없으면 내 인생, 이렇게 특별할 것 없이 비슷한 하루들로 채워진다. 그러다가 이런 소소한 일상이 어쩌면 가장 큰 특혜일지도 모른다는 생각을 하게 되었다. 아이를 데리고 어릴 적 친구 C네 집에 놀러간 날, 뉴스에서나 볼 법한 일들이 내 가까운 친구네 집에서 벌어지고 있음에 놀란 적이 있다.

C는 내가 일본으로 출국한 그해(2016년)에 아들을 출산했다. 임신 초기부터 막달까지 입덧이 이어지는 바람에 끝까지 고생을 많이 한 친구인데, 아이가 자라서 입히지 못하는 옷이나 장난감, 책 등을 종종 정리해서 내게 준다. 유학 시절 입덧으로 고생할 때도, 막 아이를 낳고 아무것도 모를 때도 여러 가지로 도움을 많이 줬던 고마운 친구. 나를 만나러 여행차 교토에 들른 적도 있다.

친구네 집은 맞벌이인데, 고향에 계신 친정 부모님이 최근 경기도로 이사를 했다고 한다. 아이를 돌봐주시기 위해 결정한 일이라고 했다. 나는 어머님, 아버님이 누구보다 시골 생활에 잘 맞는 분들임을 알기에 왜 갑자기 그렇게 된 것이냐 물었다. 이유는 하원 도우미 아주머니 때문이었다. 일에 치여서 아이를 어떻게 돌보는지 제때 체크하지 못하다가 어느 날 시간이 생겨서 그동안의 기록을 훑어보며 한숨만 내쉬었다고.

한 예로 아주머니는 아이 밥 때마다 동영상을 틀어주고 밥을 먹든 말든 신경 쓰지 않았다. 친구가 만들어놓은 반찬을 냉장고에서 꺼내 젓가락으로 다 쑤시며 허겁지겁 반찬을 퍼 먹기 바빴고, 아이는 영상과 아주머니의 모습만 말똥말똥 쳐다보며 밥을 먹는 둥 마는 둥 하고 있었다는 것이다. 그러면 또 아주머니의 호통이 이어졌단다.

비참함을 느낄 겨를도 없이 그저 허탈하기만 했다는 친구. 기분 상하지 않게 잘 정리하려 했지만 상대가 정말 호락호락하지 않았던 것 같다. 별별 말이 다 오가면서 아마도 친구는 '내가 왜 이런 말까지 들어야 하나' 생각했을지도 모른다. 어쨌든 더는 누군가를 고용해 아이를 맡기는 게 무의미하다고 판단한 듯했다. 아이가 생기고 엄마가 되고 보니 이런 일에 더 큰 동요를 하게 된다. 나 역시 마음이 바닥으로 쿵 떨어지는 기분이었다.

좋은 시간 보내고 웃으며 집에 돌아왔지만 친구의 말과 지친 표정이 오래 기억에 남았다. 나도 그 친구도 털털한 축에 속하는 엄마라고 생각했는데, 어디까지 기대를 놓아야 '과민'이 아닐 수 있는 건지 판단도 안 섰다.

＊

우리 집의 경우, 남편이 아이의 식사나 위생, 놀이에 관한 것도 최선을 다해 신경 쓰고 있으니 내가 따로 확인하는 행위 자체가 월권이다. 처음 출근하던 날에는 사실 걱정이 많았다. 일하고 퇴근해서 아이 반찬 만드느라 나는 새벽에나 자는 거 아닌가, 그러면서 남편 밥까지 제때 챙겨야 하면 스트레스로 폭발하는 거 아닌가, 아이의 지루함을 아빠가 제때 포착하지 못해 서운함만 쌓이면 어쩌나.

이런 걱정들이 무색하게 남편은 알아서 잘했다. 처음에는 시판용 음식을 자주 사다 먹이는 거 아닌가 싶었는데, 아이 대변 상태가 좋지 않은 걸 확인하자 직접 유아식 책을 읽으며 반찬이며 국을 준비하기 시작했다. 아이를 데리고 출근하는 날에도 꼭 직접 만든 음식들로 도시락 통을 채워 가져갔고, 그곳에서 일하는 다른 분들도 아이에게 많은 사랑을 줬다. 아이가 소리를 자주 지르게 되자 남편은 애

를 데리고 공원이며 식물원을 찾아다니며 바깥에서 에너
지를 쏟을 수 있게 했다.

덕분에 나는 안심이 됐지만 남편은 도리어 시아버님 때
문에 고민이 많았다. 아버님 사무실이 우리 집에서 지하철
로 한 정거장 거리인데, 가까운 만큼 일주일에 한 번 정도
는 꼭 집에 들르시거나 남편에게 아이를 데리고 사무실로
오라고 하셨다.

"아휴, 애가 엄마 없어서 밥을 잘 안 먹는다. 넌 언제까지
그러고 있을래?"

아이는 사실 밥을 잘 먹는 편이다. 하지만 아버님은 만
나면 아이가 귀엽다고 달달한 빵이나 과자를 자꾸 주신다.
이렇게 다른 걸로 배를 채우면 어떤 아이라도 밥을 잘 먹
지 않을 것이다. 이 사실을 알지 못하는 아버님이 남편은
너무 답답하다고 했다. 집에서도 보여주지 않는 영상까지
틀어주며 빵을 먹일 때면 안 그러려고 해도 언성이 높아진
다고 하소연했다.

"헤드헌터한테 연락은 한 번 왔었는데, 아직 아이가 어린이집도 안 갔고, 다니다 보면 또 여기저기 아플 거라서 정규직으로 취직하기가 좀 그래요."

"아니, 애야 나한테 맡기고 너는 뭐라도 시작해야지! 그런 기회를 놓치면 어쩌자는 거냐! 아휴, 답답한 녀석."

밖에서 잠깐씩만 볼 때 우리 아이는 순하고 생글생글 잘 웃는 아이다. 하지만 부모는 아이의 다른 모습을 알고 있다. 가끔은 내가 낳은 아이라도 너무 밉게 굴어서 소리를 치게 되는데, 남편이 집안에서 하는 일을 아버님이 정말로 몰라주신다는 생각도 들었다. '네가 해봤자 엄마만 하겠냐'는 의식이 전반적으로 깔려 있는 셈인데, 본인이 가사와 육아를 전담하고 있는 마당에 왜 아무도 이 중요한 일을 알아주지 않는지 모르겠다고 속상해했다.

남편을 토닥이며 나도 마음이 안 좋았다. 우리 부모 세대가 아이를 돌보는 방식과 요즘 세대 부모들의 기준이 다르다는 사실은 차치하더라도 아이를 돌보는 일 자체가 이토록 보잘것없는 취급을 받고 있다는 게 슬펐다.

"잠깐 휴직하고 아이를 돌보는 아빠들은 영웅 취급을 받는데, 난 그런 것도 아니야. 내 부모마저 집안 건사 제대로 못하는 무능력한 아들로 보는데, 누가 날 알아주겠어."

내가 집에서 아이를 보고 남편이 직장에 다녔다면, 저 말은 나의 대사가 되었을 것이다. 나는 남편에게 휘둘리지 말라고 했다. 남편이 흔들리면 우리 집은 이 구조로 더는 살아갈 수 없기 때문이다.

구조가 바뀌는 게 두려운 건 아니다. 그저 남편이 쉬면서 앞으로의 날들을 도모하길 바랐다. 사실 일본에서 직장 생활을 하는 동안, 남편은 마음을 많이 다쳤다. 일본 사회의 무시나 멸시 따위로 얼룩진 그 상처가 아물고 다시 뭔가를 시도하게 되기까지 남편에게는 여유가 필요하다고 생각했다.

"나는 오빠를 만나서 남들 말에 신경을 끌 수 있는 사람이 되었는데, 오빠가 요즘 그렇지 못하니까 너무 속상해. 오빤 누구보다 오빠만의 길을 걷던 사람이잖아."

그러면서 언제든 다시 하고 싶은 일이 생기고 사회생활에 뛰어든다면 내가 기꺼이 사표를 낼 거라며 남편을 위로했다. 그 말은 진심이었다. 나는 회사를 다니면서 스스로에 대해서도 알아가고 있었다. 하루를 자유롭게 쓰는 프리랜서의 삶이 내게는 더 잘 맞았다. 아이가 어린이집에만 잘 적응해준다면 규칙적으로 앉아 뭔가를 쓰는 일이 가능할 것도 같았다. 실제로 일본에서 외주 일을 할 때, 제법 집중을 잘했다. 쉬는 시간에 뭔가를 챙겨먹고 잠시 산책을 하는 것도 가능했다.

맞벌이 부부에 비하면 수입은 일정하지도, 넉넉하지도 않겠지만 누군가에게 안심하고 아이를 맡기는 게 어려운 현실 속에서 우리 중 한 명은 근무 시간이 짧아져야 맞다. 이런 게 '나'라는 한 개인에게 포기인지 아닌지를 물었던 날들도 물론 있다. 하지만 지금은 단순하게 생각하려 한다. 나는 아이가 자라는 모습을 가까이에서 바라보며 일을 하고 싶은 사람이고, 남편 역시 그런 사람이라는 것. 방법은 찾기 마련이고 길은 여러 갈래로 나뉠 뿐이다.

태어나서 처음으로 나는 나에게 '사업가'라는 말을 붙여봤다. 평생 회사에 몸담고 녹을 받으며 사는 게 내 운명인 줄로만 알았다. 쓸모없는 배포를 가졌다고 생각했고, 몇 번씩이나 사업에 실패한 아버지를 보며 자라서인지 그 길은 쳐다보고 싶지도 않았다. 그런 내가 요즘은 공상이 많다. 공부도 더 하고 싶고, 누군가의 지시 없이 일을 진행해 보고 싶은 마음도 생겼다. 나이가 든 것인지, 남편 덕에 헛바람이 든 것인지. 허허. 어쨌든 삶이 다양한 방향으로 뻗어나갈 수 있다는 말이 이제는 조금 이해가 된다.

첫눈에 반한 남자랑
결혼한 여자의 삶

남편을 처음 만난 날, 봄비가 내렸다. 신촌역에서 지하철을 기다리는데, 계절이 바뀌려 하는지 말도 못하게 습해서 가만히 있어도 불쾌지수가 올라가는 그런 날이었다. 물기가 뚝뚝 떨어지는 우산을 수습하고 지하철을 기다리는데, 왼쪽 옆 칸 앞으로 누군가 서는 모습이 슬쩍 보였다. 오래 신어서 구두 굽이 거의 다 닳은 클래식 로퍼에 트렌치코트를 착장한, 분위기 있는 남자였다. (우주 최강 잘생긴 남자랑

연애 한 번 해보는 게 소원이던 시절의 나. 누군가 이상형을 물으면 주저 없이 잘생긴 남자라고 답하곤 했다.)

　'와, 내 주변엔 왜 저런 남자가 없지? 우연이라도 다시 만나면 연락처를 물어봐야지.'

　다들 예상했겠지만 그 분위기 있던 남자가 지금 나와 같은 집에 살고 있는 남편이다. 지하철 남을 마주친 건 스물아홉 연초, 같은 교회에 다니는 아는 사이로 발전한 건 그해 여름이었다. 그때까지만 해도 나는 남편이 과거 그 분위기 남과 같은 사람이란 사실을 깨닫지 못했다. 단체문자 창에서 내게 말만 걸어도 혼자 소설을 쓰던 나는 회사 선배들에게 엄청난 꾸지람을 들었다. "너 너무 도끼병 아니야? 도대체 이 문자 어느 부분에서 호감이 느껴진다는 거야? 난 널 도통 모르겠다."

　선배들의 문자 해석으로 내가 단단히 김칫국을 마시고 있다는 사실을 여러 번 확인했다. 선배들은 내가 연애 감각이 떨어지다 못해 말소한 것 같다고 했다. 그래서 조용히 지하철 남을 향한 팬심을 수습하려고 준비하고 있었다.

그때부터였을까? 남편은 내게 일대일로 문자를 보내기 시작했다. 단체 창에서 주고받던 의미 없는 문장이 내게로 직접 전달되었을 뿐 크게 달라진 건 없었다.

동요하지 않으려 부단히 애를 썼지만 뜬금없이 책이나 영화에 관해 묻곤 하는 이 남자가 신경이 쓰이는 건 당연했다. 남편에겐 좀 미안한 얘기지만 당시 우리 팀 사람들이 모이면 으레 '문자 남'이 화두가 되곤 했다. 그가 선수인지 아닌지를 두고 내기를 할 정도였는데, 결혼 말고 찐한 연애가 하고 싶었던 나는 이런 갑론을박의 주인공이 나라는 사실 자체가 흥미로워 진심으로 신이 났다.

"반짝이, 어제 그 남자 연락 왔어? 휴대폰 좀 내놔 봐."

두어 달 의미 없는 대화로 문자만 주고받는 동안, 디자이너 K 선배는 거의 매일 아침 내 휴대폰을 확인했다. 나중에는 이 쌍팔년도식 대화 때문에 답답해서 돌아버릴 것 같다며 본인이 직접 답장을 쓰기에 이르렀다.

'오늘은 선배들이랑 홍대 근처 카페에 와 있어요. 여기

커피 너무 맛있어요. 언제 같이 와요.'

이 문자가 아니었으면 우리의 만남은 랜선으로만 이어지다가 흐지부지 끝이 났을지도 모르겠다. 1초도 안 되어서 남편은 자기가 하고 싶은 말이 바로 그거였다며 수다스러운 답장을 이어갔다. 다음 날 우리는 처음으로 휴대폰 밖 세상에서 만나 단둘이 데이트를 했다. 남편은 내 딱딱한 답변이 거절 의사인가 싶어서 더는 연락을 하지 말아야 하나 고민했다고 했다. 진지한 이 남자의 태도 앞에서 그간 우리 대화가 사무실에 생중계되고 있었다는 얘기는 차마 할 수 없었다.

몇 번인가 데이트를 하다가 남편이 보여준 과거 사진들 속에서 나는 지하철 남을 마주하게 된다. 사진 속 남자가 입은 트렌치코트가 어쩐지 눈에 익었고, 그날 미술관 데이트를 기념하는 발 사진을 찍을 때 그의 낡은 가죽 로퍼가 내 시선을 끈 것이다.

평소 그리도 뜨뜻미지근하게 굴던 여자는 운명이라며 호들갑을 떨었다. 비 오는 날 신촌역의 이야기를 자정 무렵 군이 전화를 해서 떠들어댔다. 역시나 남자는 1도 기억하는 게 없었다. 기대 이상으로 의기양양해진 남자의 태도를 보면서 여자는 시간을 되돌릴 수 있다면 제발 그러고 싶다고 생각했다. '반했다는 걸 들키고 말았다!'

✦

삐끗 다리를 삔 느낌으로 우리의 연애가 시작됐다. 밥을 30분 동안이나 먹는 나와 달리 남편은 10분도 채 걸리지 않았다. 걷는 속도도 달라서 같이 걷다 보면 나는 금세 땀범벅이 되었고, 인디 록을 듣는 나와 달리 남편은 힙합을 좋아했다.

한 달에 한 번이나 고기를 먹을까 말까 하던 나, 탄수화물을 거의 안 먹고 주로 단백질만 찾던 남자. 30년 가까이 다른 음식을 먹고 자라서인지 우린 기질적으로 참 달랐다. 그 다름을 매일같이 피부로 느끼면서 왜 이 남자를 밀어내지 않았는지 알다가도 모를 일이다. 나는 남편을 따라 자주 고기를 먹게 되었고, 남편은 내 탄수화물을 나눠 먹다가 20킬로그램 가까이 살이 쪘다. 나는 뭐가 바뀌었냐고? 음…… 예전보다 추위를 덜 타게 됐다. 새삼 고맙네.

서로 다른 남녀가 만나 결혼 생활을 이어가는 경우가 꼭 우리 집에만 해당하는 것은 아닐 것이다. 세상에 널린 사랑 애기 속에는 갈등을 겪으며 마음을 견고히 다져가는 닮지 않은 남녀가 존재한다. 하지만 요즘은 남편의 적응력이 나의 그것과 너무 달라서 걱정이 이만저만이 아니다. 일단 새로운 국면을 맞이한 이상 적응 먼저 하고 보자는 나와 달리, 남편은 자신답지 못한 삶의 방식이나 태도에 엄청난 환멸을 느끼는 듯하다. 이 다름이 내게 스트레스가 되는 수준은 이미 초월했다. 이제는 마음이 콩밭에 가 있어서 매사 의욕이 없는 남편이 안쓰럽기까지 하다.

"왜 그러는 거야 도대체! 하고 싶은 게 있으면 뭐라도 해 봐, 더는 반대 안 할게."

"……."

"오빠도 하고 싶은 일이 있을 거 아냐! 응?"

"…… 농사 …… 아니 뭐, 꼭 농사는 아니더라도 일단 시골로 가고 싶어. 가서 집도 직접 짓고……."

할 말이 없어서 더는 대꾸하지 않았다. 그러곤 나는 나대로 고민을 시작했다. 오케이할 것인가, 말 것인가. 그러고 보니 남편은 요즘 시골살이를 다루는 다큐멘터리를 볼때 말고는 좀처럼 웃지 않는다. 참고로 남편의 최애 프로그램은 〈건축탐구 집〉, 〈한국기행〉, 〈세계테마기행〉과 같은 교양 다큐이다.

결혼 생활 7년 동안 남편은 내게 몇 번인가 지방에 나온 헐값의 땅이나 소형 주택을 사자고 했었다. 그럴 돈 있으면 대출해서 서울 경기 지역에 아파트를 사겠다고 정신 차리라고 말하곤 했는데, 그곳들은 현재 몇 배씩 값이 올라 더는 넘볼 수 없는 땅들이 되었다.

제주도, 군산 친정 근처, 교토 등등. 있던 돈을 거의 다 까먹고 한국에 들어올 때, 나는 과거 그 일들을 한 번씩 생각했다. 그리고 한 가지 결심을 했다. '남편이 뭐 하자고 하면 이번엔 절대 안 말려야지.'

그래서 귀촌 얘기가 나왔을 때 내적 갈등이 심했다. 그러다가 다시 회사 생활을 시작하고 3개월 정도 시간이 흐르면서 남편 의견에 져주기로 마음먹었다. 언제가 될지는 알 수 없으나, 그래 까짓것 시골아낙 해보자! 우선 미세먼지에 도저히 적응이 안 되어 조금이라도 공기가 좋은 지역이라면 당장 가고 싶은 마음이 들었다. 둘째로는 5년 만에 시작한 회사 생활이 도무지 쉽지가 않았다.

사실 적응하려고 기를 쓰고 달려들면 못 할 것도 없다. 하지만 평일에 아이와 마주하는 시간이 하루에 겨우 한두 시간이 되고 보니 '이렇게 사는 게 맞나?' 하는 생각을 자주 한다. 물론 아이는 점점 자라서 나보다 또래 친구들을 찾을 나이가 될 것이다. 자기만의 세상, 자기만의 시간이 생길 테고 지금 이 시간은 그저 적응 기간일지도 모른다. 하지만 아이가 나를 필요로 할 때 가까이에 있어 주지 못한 후회를 남기는 게 지금은 더 싫다.

여차저차 우리는 요즘 시간이 날 때마다 지방 소도시로 여행을 다닌다. 남편은 다시 활력을 찾아 귀촌 관련 강의를 찾아 듣기 시작했고, 어떤 기술을 배워야 좋을지 고민한다. 도시농업 체험부터 시작하는 게 좋겠다는 의견을 내기도 하며 제법 열심이다. 가서 살고 싶은 지역 리스트를 정리하며 다시 수다쟁이가 되었다. 모든 게 순조로워 보여 나도 내심 기대를 품었는데, 또 다시 남편과 나의 차이를 발견하는 요즘이다.

나는 솔직히 지방으로 가기로 마음먹고 보니 어디든 다

좋아 보인다. 1년 이내로 가자면 갈 작정도 하고 있는데, 뭔가를 결정하면 더 묻고 따지는 남편 성향을 잠시 잊고 있었다. 리스트를 썼다 지웠다, 계산기를 두드리며 초기 자본을 가늠하는 남편을 보면서 고향 말투로 표현하자면 화따지가 난다. 밑천을 더 모으는 게 좋겠다며 아이가 어린이집 적응을 마치면 취업 준비를 하겠다는 거였다.

"아, 때려 쳐, 때려 쳐! 가지 마, 그냥!"

최근 비스와바 쉼보르스카 서평집 《읽거나 말거나》에서 '유머란 심각함의 동생'이란 표현을 읽었다. 《프랑스식 유머를 소개합니다(국내 미출간)》를 읽고 쓴 평이었다. 재치 있는 한 줄 표현에 크게 한 번 웃었다. 심각함은 연장자의 우월함을 내세우며 유머를 내려다보는데, 유머는 이로 인해 콤플렉스를 갖게 된다는 내용이었다. 그래서 유머는 형을 따라 근엄하고 냉정해지려 노력하지만 아무리 끈질기게 시도를 해도 결국 유머는 유머로 남는다는 얘기.

나는 우리 삶에서 누가 유머이고 심각함인지를 떠올린다. 연애를 할 때는 남편이 심각함인 줄 알았는데, 살다 보니 내가 심각함이고 남편이 뭘 해도 바뀌지 않는 유머처럼 느껴질 때가 있다. 그러다가도 내게 있는 심각함이 별 것 아닌 일로 참던 웃음을 터뜨려 포복절도를 하곤 하는데, 그게 바로 이런 순간이다.

우스꽝스러운 모습으로 생떼를 쓰던 나와 진땀을 흘리며 잠시 심각해진 남편. 인생은 참 알다가도 모를 일이다. 희극인지 비극인지 도통 알 수가 없다. 적어도 이 말은 꼭 해줘야겠다. 첫눈에 반한 상대와 결혼하려거든 심각하고 비장하게, 때로는 유머를 떠올리며 고민에 고민을 거듭해야 한다. 그렇지 않으면 당신은 언젠가 부조리한 유머 혹은 부조리한 심각함을 마주하게 될지도.

생각해보면 나 역시
불확실한 꿈을 꾸는
사람이었다

교토로의 유학이 결정됐을 때, 나도 남편처럼 기술을 배우
고 싶었다. 남편이 목공 기술을 1차 위시리스트에 적었을
때, 나는 제빵 기술을 익힐 생각에 조금 들떠 있었던 것. 대
학을 졸업하고 요리학원에서 일하며 강사를 준비하던 1년
의 기간 동안, 내 손목이나 체력이 몸을 쓰며 일을 해야 하
는 요리 분야에 썩 어울리지 않는다는 사실은 깨달았지만,
그래도 뚝딱뚝딱 그럴싸한 음식을 만들어내는 능력은 언

제나 손에 닿지 않는 꿈과 같은 것이었다.

요리를 잘하는 사람이 되고 싶었던 건 오빠의 영향이다. 초등학교 때부터 연년생인 오빠는 내게 자주 간식을 만들어줬다. 바쁜 엄마 아빠 대신 나를 챙겨야 한다는 사명감 때문이었는지, 그저 본인이 먹는 걸 좋아해서인지 알 수는 없다. 오빠는 방과 후 교실을 등록할 때 꽤 오랫동안 가정 실습을 택하곤 했다. 거기서 배워온 방식으로 돈가스나 피자빵 토스트를 만들어줬고, 엄마 아빠의 귀가가 늦은 어느 밤엔 냉장고를 뒤지더니 버섯으로 탕수버섯을 해줬다.

어린 내 눈에 그런 오빠가 멋있었다. 오빠가 하는 모든 음식이 다 맛있었고, 속으로 '우리 오빠는 1등 신랑감이야.' 하고 생각했다. 그런데 이상하게 엄마는 설거지나 콩나물, 두부 등을 사 오라는 심부름을 나에게만 시켰다. 그 바람에 오빠도 요리는 해줬지만 치우는 건 점점 나에게 미뤘다.

선생님은 분명 남녀는 평등하다고 했는데, 엄마는 차별을 일삼았다. 엄마는 내가 고분고분하지 않으며, 핑계가 많다고 종종 꾸짖었다. 오빠와 다투면 대든다고 나를 더 혼냈다. 그래서 진부하지만 가끔 친엄마가 나를 데리러 오

244

는, 누구나 한 번쯤은 할 법한 망측한 상상을 하곤 했다. 물론 그런 일은 일어나지 않았지만.

우연히 요리를 좋아하게 되어 중학교 때부터 이런저런 음식을 내 손으로 직접 만들어보기 시작하면서, 나는 진로를 잡아갔다. 고등학생이 되어서는 식품영양학과와 조리학과 관련 학교를 주로 찾으며 꿈을 키웠다. 다소곳하고 여성스러운 사람이 되고자 주방에 섰던 건 아닌데, 엄마는 나를 응원했다. 대학 수업에서 요리 실습이라도 한 날에는, 이제 내가 밥 굶을 일이 없으니 안심이라며 좋아했다.

엄마는 큰 시름을 놓았지만 사실 대학 시절 나는 그리 성실한 학생이 아니었다. 꿈을 갖고 있다고 해서 방향성을 잃지 않고 한 길로 가리라는 법은 없었다. 나는 대학교에 입학하자마자 동아리를 찾아 나섰다. 입회비가 있는 다른 동아리와 달리, 대학 학보사 기자는 학회비도 없고 신문을 발행할 때마다 소정의 원고료를 준다는 말에 그곳 문을 두드렸다.

학보사에서 나는 지금껏 우물에서 지내느라 접하지 못했던 많은 정신과 마주했다. 대입을 위한 신문 읽기가 아니라 세상을 바로 보고 싶어서 여러 매체를 뒤적였다. 도서관에 앉아 콤콤한 종이 냄새를 맡는 시간을 좋아하게 되었고, 똑똑한 사람들을 보면 경이로움과 함께 묘한 질투를 느꼈다. 더 알고 싶다는 생각, 더 깊고 넓게 보는 사람이 되고 싶다는 소망이 내내 나를 부대끼게 했다.

그때의 나는 '적당히'의 기준을 나를 중심으로 찾지 못했다. 걸핏하면 무리를 했고 그러다가 이내 속도를 놓쳤다. 잡고 싶은 것들은 많은데 모든 게 다 멀게만 느껴졌다. 결핍이나 우울의 감정을 쉽게 인정하지 못했던 나는 애써 밝은 척을 했던 것도 같다. 하지만 그 홍역 같은 시간들이 아니었다면 아직도 나를 제대로 이해하지 못한 채 살아가고 있을지도 모른다는 생각을 한다.

❋

그렇게 사색을 즐기는 동안 나는 엄마가 원하는 현모양처와 점점 멀어져 갔다. 감정과 사고란 참 이상하다. 어느 기점을 지나고 나면 뒤로 돌아가기 뭣해 머쓱하게 서 있다가 결국 다시 앞으로 나아가게 된다. 처음부터 글을 쓰거나 다루는 사람이 되고 싶어서 학보사 문을 두드린 건 아니었지만 결과적으로는 그렇게 되었다.

　고백하자면 대기업 영양사 면접에 용케 붙어 2주간 삼엄한 신입 연수를 받은 기억도 있다. 나는 과에서도 알아주는 꼴통(?)이었고, 성적도 거의 뒤에서 머릿수를 헤아려야 할 정도로 바닥이었는데, 그런 내가 사유서를 제출하고 연수를 떠나게 된 것이다. 그러나 사회는 냉정한 법. 기출 문제만 풀어도 다 합격이라는 영양사 면허 시험에서 문제 1개 차이로 떨어진 게 바로 나다. 영양사 불합격이라는 불명예를 안고, 연수 시절 받은 직무 도서를 박스에 담아 회사로 돌려 보냈다.

　그날 발에 불이 나도록 중랑천 산책로를 달리며 눈물을 흘렸다. 어쩌면 좌절보다는 안심의 눈물이었을 것이다. 노력도 없이 다른 사람의 옷을 뺏어 입은 것 같던 찜찜한 기분이 사그라지면서 시간이 걸리더라도 좋아하는 일을 찾자는 다짐을 하게 되었다.

　그 일이 있고 며칠 뒤 졸업식이었다. 한동안 백수로 지낼 딸의 졸업을 앞두고 서울로 온 부모님. 제대로 눈을 마주칠 수가 없었다. 엄마는 다 정리하고 고향으로 내려오라 말했고, 아빠도 당연히 같은 말을 할 줄 알았다. 한 번도 나를 사회로 나갈 청년으로 봐주지 않던 아빠는 "사회가 원래 그렇게 냉정한 것이야. 하고 싶은 거 있음 더 준비해보던가." 하는 무미건조하면서도 내게 꼭 필요했던 말을 던졌다.

혼란스럽기도 하고 좋기도 했다. 오랜 관습과 지방사람 특유의 인식 때문에 아빠는 나를 조신하게 키워 시집보낼 생각만 하는 사람인 줄 알았다. 그동안에는 내가 선택한 모든 길에 훈수를 두기 바빴던 사람이 아빠였기 때문이다. 보험왕인 아빠는 나를 보험회사 사무실에 앉히고 싶어 했다. 서울 본사에 근무한다는 누구누구 씨에게 원서를 제출하라며, 들어가기만 하면 연봉이 얼만 줄 아냐며 자주 윽박지르던 분이 이렇게 다정한 사람이었다니.

자주 어물쩍거리던 나는 앞으로 목소리에 더 힘을 싣는 사람이 되기로 마음먹었다. 모든 게 불확실했지만 조금씩 바빠졌고 내게 맞는 것과 아닌 것을 분류하기 시작했다. 집중은 잘하지만 시간의 압박을 싫어한다, 전공 공부에 충실하지 못했지만 식문화 자체에 관심이 많다, 글을 가까이에 두는 일을 하고 싶다, 소위 말하는 스펙 쌓기 공부를 하자면 형편도 시간도 넉넉하지 않다……. 이런 조건을 기준으로 현실을 거르다 보니 가장 적합한 게 눈에 보였다. 출판사 아르바이트. 그렇게 찾고 찾다가 들어선 길이 결국 책을 만드는 편집자였다.

일은 고단했지만 늘 기쁨이 있었다. 나의 열심을 알아주지 않는 타인으로 인해 괴로워하는 시간도 많았지만 노력을 쏟을 대상이 '책'이어서 견딜 수 있는 날들이었다. 하지만 시간이 흐르고 흘러 7년 차가 되었을 때 위기가 찾아왔다. 베스트셀러 시장을 의식해 팔릴 만한 책만을 만들어야 하는 생리에 심한 거북함을 느끼기 시작한 것이다.

오래 사랑받을 수 있는 책을 만들고 싶은데, 실용이나 비소설 분야의 책들은 수명이 짧았다. 금세 잊히는 책을 계속 만드는 직업에 환멸을 느꼈다. 그 시절 했던 부류의 고민을 요즘 말로는 '지속 가능성'이라고 부르더라. 당시 내 마음이 딱 그랬던 것 같다. 내 인생에서도 그런 무언가를 다시 찾고 싶었다.

남편 핑계를 잔뜩 대고 유학길에 올랐지만, 나도 사실은 비슷한 마음이었는지도 모른다. 나와 남편이 각자의 이름에 걸맞은 사람으로 성장했으면 좋겠다는 욕심을 갖게 된 것이다. 결론적으로 보면, 그 무언가를 발견하지는 못했다. 하지만 한 가지 얻은 게 있다면, 더는 시장이나 사회가 규정해준 틀 안으로 나를 밀어 넣으려 하지는 않는다는 것.

교토에서 지낸 4년 동안 베스트셀러를 읽지 않은 것도 이런 얄팍한 의식 때문이었다. 그동안 읽고 싶은 책 목록에 적어두고 미루기만 했던 세계문학과 책장에 오랫동안 꽂혀 있었지만 반쯤 읽다 덮어뒀던 책들을 더 자주 읽었다. 일본에 살면서 일본이 궁금해져서 관련 인문사회학 도서도 여러 권 훑을 수 있었고, 강해서나 성경도 규칙적으로 읽었다. 그러면서 새로운 나를 알아갔다.

나는 규칙과 약속을 좋아했다. 기술보다 학문을 깊이 연구하는 길이 더 흥미로웠고, 그런 생각의 변화로 대학원 입시를 준비한 것이기도 했다. 계획이 무색해진 일들도 많지만 나에 대해 깨달은 몇 가지 사실들로 인해 나는 다시 책을 만들게 되었다. 물론 원하는 책을 만들고 기획할 수 없는 입장은 여전하지만, 오래 사랑받는 책을 만들고 기획하고 싶다는 원래의 소망을 되찾은 건 매우 기쁜 일이다.

'너희는 여행을 위해서 아무것도 가지고 가지 말아라. 지팡이나 가방이나 식량이나 돈이나 여분의 옷을 가지고 가

여행을 떠나는 사람이
더 가야하기 위해서는
얽매이기 말아야 한다.

이기는 일 애이기만
나는 이게 그런 사람이 되기
않는다.

지 말아라.' 하는 성경 구절(누가복음)이 있다. 꽤나 깔끔떠는 내가 그 계명을 지키는 건 어려운 일이라는 생각을 늘 하면서 자랐다. 하지만 그 말이 갖는 묘미를 이제는 알 것도 같다. 여행을 떠나는 사람이 더 자유롭기 위해서는 얽매이지 말아야 한다. 아직도 먼 얘기이지만 나는 이제 그런 사람이 되기를 꿈꾼다. 여전히 불확실한 꿈이다.

역할을 바꾸고
서로에게 품게 된 존중

어떤 말은 오래도록 잊히지 않아 마음에 맺힌다. 가끔씩 꺼내보며 그 말이 내게 어떤 영향을 줬을까 생각하곤 한다. 예전에는 사람의 말에 자주 영향을 받았다. 옳고 그름을 누군가 알려줬으면 했고, 그만큼 좋아하는 사람들의 말에 일희일비했다. 그랬던 내가 나이를 드는 것인지, 이제 다른 이의 말에 크게 흔들리지 않게 되었다. 그러면서 은근히 걱정을 한다. '완고해서 전혀 말이 섞이지 않는 어른으로 늙고 싶지는 않은데……' 하고 되뇌며.

　남편과 만나 연애할 때 좀 자유롭게 생각하라는 그의 말이 너무도 싫었다. 나는 내가 속이 좁거나 시야가 협소하다고 생각하지 않는데, 남편이 나를 그런 사람으로 바라보고 느끼는 게 못마땅했다. 유학 이후, 한국으로 돌아와 새로운 생활에 적응하는 동안, 이 말을 내가 더 자주 꺼내고 있음에 놀랐다. 기왕 이렇게 조금 다른 길을 걷게 된 거, 남들 눈치 볼 게 뭐 있나 생각하기 때문이다. 나와 반대로 남편은 타인과 우리의 삶을 자주 저울질한다. 남편은 더없이 조심스러워졌고, 나는 뭔가에 홀린 듯 대범해졌다.

　역할이 바뀌면 마음가짐도 달라지나? 그런 생각을 자주 한다. 본의 아니게 나는 바깥양반이 되었고, 남편은 집사람 역할을 도맡고 있다. 섬세하고 손끝이 야무지다는 건 진작 알았지만, 남편이 이렇게 꼼꼼하고 완벽에 가깝게('완벽'의 경지를 정의하기 어려우니 굳이 이렇게 적는다) 집안일과 육아를 책임질 줄은 몰랐다. '아무렴 나보다야 허술하겠지.', 이게 솔직한 마음이었다.

　어쩌면 남편도 나와 비슷한 생각을 하고 있을지도 모르겠다. '체력도 약해가지고 회사 3개월 나가면 앓는 소리를 하겠지.' 물론 지금도 퇴근하고 집에 가면 힘든 얘기부터 줄줄 꺼내긴 하지만, 그래도 상대를 지치게 하지 않으려고 엄청 주의한다.

여러모로 우리는 서로의 상태를 더 자주 살피고 배려하게 된 것 같다. 시시때때로 변하는 아이의 감정이 때론 양육자의 감정을 바닥으로 치닫게 한다는 사실을 잘 알고 있는 만큼, 나는 남편의 기분을 더 살피고 위로하게 된다. 남편은 바깥생활의 처세(?)가 가끔 비굴하고 구차하다는 생각을 하는 터라 퇴근하고 아이가 잠들면 기꺼이 내 술친구(라고 해봤자 맥주 한 캔 정도)가 되어준다.

급기야 며칠 전에는 갑자기 '우리 참 잘하고 있구나' 하는 자기만족에 빠져서 이 기쁜 마음을 남편에게 공유했다.

"오빠, 나는 전보다 오빠 입장이 더 많이 이해가 돼. '일본에서 돈 버느라 우리 남편, 고생 많았겠구나' 하는 생각도 들고, '그때도 가사, 육아 분담하느라 진짜 애썼구나' 싶어. 오빠도 그래?"

"난 뭐…… 원래 그랬는데?"

저런 대답을 할 때는 참 얄밉다. 남편의 근거 없는 자신감은 분야를 막론한다. 결혼하고 외국 생활을 하는 동안, 나는 내 사회적 도태를 가장 염려했다. 열심히 공부를 했던 것도, 또 계속 하고자 했던 것도, 어쩌면 양육과 살림을 병행하며 나의 위치를 견고히 할 수 있는 무언가가 꼭 '공부'처럼 느껴졌기 때문이었다. 하지만 육안으로 볼 때 우리의 유학 생활은 실패했고, 돌아와서는 모든 게 계획과 정반대 방향으로 흘러갔다. 하나님의 명령을 듣고 새로운 땅을 찾아 떠난 아브라함 앞에 온갖 위험의 구렁이 펼쳐졌던 것처럼 우리 삶도 꼭 구약성경의 한 장면 같았다. 그래도 괴롭다고 느끼지 않은 건 다 남편 덕이다.

✳

요즘 같은 시대에 참 조심스러운 말이지만, 나는 남편을 존경하고 내가 섬겨야 할 대상이라고 생각한다. 자식에 대해서도 마찬가지이다. 가장 귀한 손님처럼 대하다가 제 갈길을 발견하고 그 길로 나아가면 그의 행복과 안위를 조용히 빌어주고 싶다. 성경에 적힌 사실들을 믿고 그에 구속된 한 사람으로, 페미니즘이나 자유, 평등의 가치를 논하기에 나는 어쩌면 굉장히 부족한 여성일지도 모르겠다.

여자는 남자의 갈비뼈로 만들어졌다는 비유를 들어본 적이 있을 것이다. 성경에 등장한다. 그래서 여자를 부족하게, 남자보다 서열 아래로 보는 것, 그런 관점이 성경과 기독교의 본질이라면 그 종교를 거부하겠다는 이들도 적지 않다. 하지만 실제로 갈비뼈에 금이 가본 적이 있는 사람이라면 달리 생각할 수도 있다.

갈비뼈에 금이 가거나 부러지면 깁스를 할 수 없다. 복대로 감아 움직임을 최소화할 수는 있어도 뼈의 움직임을 온전히 막을 방법은 없다. 갈비뼈와 횡경막의 상하 운동이 사람의 호흡과 직결되기 때문이란다. 조금은 과장된 표현일지 모르지만 내가 생각할 때 그래서 남자에게 여자는 숨통 그 자체이다. 누군가를 설득하고 싶어서 적는 글은 아니니 믿거나 말거나이다. 다만 내가 남편에게 억하심정을 느낄 때 스스로를 위로하고 싶어 찾은 결론은 그거였다.

글을 처음 쓰던 순간에 나는 남편에게 화가 많이 난 상태였다. 원치 않는데도 뭔가를 포기해야만 하는 상황이 자꾸만 찾아오는 게 싫었다. 멀쩡한 직장도 그만두고 여기(교토)까지 쫓아와 버렸는데, 서른 중반에 아르바이트도 했는데, 이제 갓 스물인 어린 친구들에게 뒤지지 않으려고 얼마나 열심히 공부했는데, 만삭의 배를 끌어안고 대학원 시험도 치렀는데, 아이 돌보면서도 기쁨과 꿈 따위의 긍정적인 감정을 놓치지 않기 위해 그토록 애썼는데, 학교 다니랴 아이 돌보랴 몸이 하나로는 부족했는데…… 졸업하려면 아직도 이렇게나 많이 남았는데 이제 와서 한국으로 돌아가고 싶다니.

아마 그때가 내 마음을 자주 다잡아야 버틸 수 있었던 가장 힘든 시간(지금까지 결혼 기간 중)들이 아니었나 싶다. 그렇게까지 해서 결혼 생활을 유지하고 싶었던 거냐고 묻는다면 내 대답은 "그렇다"이다. 이혼녀가 되고 싶지 않아서, 아이 때문에 참고 살려고, 그런 현실적인 문제 때문이 아니다. 다투고 의견이 맞지 않을 때도 있지만 그럼에도 남편과 함께하는 게 좋아서이다.

처음에는 남편을 자주 의심했다. 자신의 체면만 생각하고 내 앞날 같은 것은 전혀 그리지도 않는 이기적인 사람일까 봐, 여차하면 발을 뺄 생각을 하고 있었다. 나는 사랑이 인간의 얄팍한 감정에 불과하다고 생각하는, 말하자면

'사랑 비관론자'였다. 유학이다 뭐다 핑계가 많았지만, 사실 아이를 미뤘던 진짜 이유는 상대에 대해 쉽게 확신을 갖지 못하는 내 마음 탓이었다. 그러다가 어느 날 갑자기 남편의 우직함이 멋있어 보였다. 이런 남자라면 아이를 낳고 오순도순 살아볼 수 있을 것 같았고, 그 마음은 아직도 여전하다.

생각이 이렇게 바뀌게 된 데는 남편이 보여준 애정의 깊이가 가장 큰 역할을 했다. 하는 짓마다 망나니에 배려는 1도 없는 말 안 통하는 남자와 살고 있었다면, 나는 벌써 이혼을 택했을지도 모른다. 감사하게도 남편은 자신의 사회적 지위나 위치만을 고집스럽게 붙드는 사람이 아니었다. 한국으로 돌아와 입사지원서를 쓰던 시기에도 내게 찾아온 새로운 기회를 무시하지 않았다. 가사도 육아도 억지로 떠맡은 게 아니라 기꺼이, 그리고 성실히 받아들였다. 다른 어떤 마음보다 나를 향한 그의 존중과 배려를 나는 오래오래 기억하고 살려고 한다.

연애와 결혼, 출산, 육아, 재취업 등 일련의 과정을 이 남자와 함께 겪으며 천진하게 고개를 내미는 세상 고민들이 버거웠던 날도 있다. 두통을 앓고 머리카락도 많이 빠졌다. 그게 나이 듦의 수순이라면 받아들여야겠지만, 감정과 관계에 대한 고민만큼은 허투루 내버려두지 않는 내가 되고 싶다.

"결혼은 적당히 포기하고 참으면서 사는 거"라는 말을 어른들은 많이 한다. 나도 벌써 삼십대 중반을 훌쩍 넘어선 어른이면서 여전히 그런 말에는 수긍하기가 어렵다. 대신 '삶이 부르는 소리를 들을 때마다 마음은 슬퍼하지 않고 새로운 문으로 걸어갈 수 있도록 이별과 재출발의 각오를 해야만 한다.'는 헤르만 헤세의 글에 더 귀 기울이고 싶다.

오늘 겪은 생채기에 담백하게 이별을 고하고 내일로 뛰어들어야 하는 게 인생이라면, 나는 앞으로도 자주 '찌질'할 것 같다. 새로운 관문을 통과할 때마다 당황해서 중심을 놓치고, 남편에게 내 인생 책임지라며, 다 망했다고 야단을 떨지도 모르겠다. 그래도 남편이 내 애기를 들어줄 사람이라는 것을 믿는다. 나 또한 흥분을 가라앉히고 다시 상대의 말을 들으려 노력하려 한다. 사랑의 다른 말은 존경이다.

여성으로서
주체적으로
산다는 것

근대기 서양화가 장욱진의 산문집 《강가의 아틀리에》를 읽고 있다. 며칠 전 남편과 아이를 데리고 장욱진미술관에 갔다가 오는 길에 기념품 숍에서 구입한 책이다. 단순하면서도 다정한 느낌을 주는 그림에 매료되어 작가의 삶이 궁금해졌다. 요즘 이 책을 읽으며 얼마나 자주 웃고 있는지 모른다.

결론부터 얘기하자면, 내 남편의 소울메이트가 이미 한 시대를 앞서 태어나 자신의 면모를 원 없이 드러낸 뒤 생을 마감한 이야기처럼 느껴진다. 서양화가 1세대인 장욱진 선생님께 실례를 범하고 있는 건 아닌지 걱정은 되지만, 어쨌든 글에서 느껴지는 작가의 철학과 곧은 기개(?)가 남편 생각과 겹치는 부분이 많아서 적잖이 놀라는 중이다.

술에 대한 호불호만 다를 뿐 맑은 정신에 집중하고 싶어 하는 도인 같은 자세, 늘 뭔가를 만들고 창조해야만 삶의 희열을 느끼는 점, 순수함을 좇고자 노력한다는 것, 그리고 도시의 편리와 복잡함에 적응하지 못해 시골의 낡고 허름한 집을 찾아 몸을 누인다는 부분까지. 게다가 선생도 남편처럼 자신을 닮은 집에 대한 욕구가 강해 아틀리에를 옮길 때마다 직접 팔을 걷어붙이고 집을 수리했다. 책을 읽으며 혹시 남편의 귀촌이 한 번으로 끝나지 않으면 어쩌나, 나는 일어나지도 않은 일을 걱정하고 있다.

'사람은 누구나 일정한 자기 생활 중에서도 변화가 있어야 하며, 그렇기 때문에 자극을 꾀하고 또한 변화를 가지려 한다. 언제나 정돈 상태에 있을 수는 없을 것이며 자기 나름의 아이디어를 갖기 마련이다. 즉 계속적인 정지 상태는 있을 수 없는 것이다.'

– 장욱진,《강가의 아틀리에》중에서

산문집에 실린 작가 자신의 말보다 드문드문 등장하는

아내의 이야기에 더 마음이 가는 것은 어쩔 수 없었다. 나는 누군가의 아내이고 엄마이며 여성이기 때문이다. 화가 장욱진의 아내 이순경 여사는 혜화동 로터리에서 서점을 운영하며 번 돈으로 아이들을 키우고 남편의 화실을 몇 번이고 마련해줬다. 생계를 위해서 그녀는 계속 일을 했고, 남편의 도인 같은 성정을 지켜주며 홀로 시골에서 그림 그릴 수 있게 환경을 조성해줬다.

내가 느끼는 이 애잔한 마음을 '동병상련'이라 표현해도 될까? 한편으로는 이런 생각도 들었다. 현재 내가 바라보는 나의 삶이 가련하지도 불행하지도 않은 것처럼 이순경 여사도 사실 행복한 여생을 보낸 여인일지도 모른다는 마음이 불쑥 고개를 내밀었다.

여전히 많은 사람들이 남자는 돈을 잘 벌어오고 아내는 집안에서 자녀를 살뜰히 돌보는 게 이상적인 가정이라 말한다. 하지만 이 여성이 가계를 위해 책방을 시작하고, 남편의 고뇌와 예술성에 공감하며, 결국 남편의 의견을 수렴해주는 장면을 글로 읽게 되면 그 안에 주체적인 한 여성의 삶이 보이기도 한다.

누군가를 통해 세상을 바라보는 일은 안개가 낀 듯 답답하다. 사람은 누구나 자기만의 생각과 욕구가 있기 때문에 마음의 부름에 따라 발을 옮기는 게 가장 자연스럽다는 생각도 든다. 물론 가정을 꾸리고 한 생명을 태어나게 했다면, 그에 따른 책임도 회피할 수는 없을 것이다. 그렇다고 눈에 보이는 엄마와 아빠의 역할까지 고정할 필요는 없지 않나?

통속적인 시각으로 누군가 나를 본다면 참하고 여자다워 보일지 모른다. 하지만 내 머릿속 생각이나 마음은 '여성스럽다'는 말로 정의하기에 어려운 구석이 많다. 남편도 마찬가지일 것이다. 감수성이 예민하고 공감을 잘하는 이 남자를 '마초적'이라 할 수는 없지 않겠는가. 그런 면에서 작년 말부터 시작된 우리 집의 '역할 바꾸기'는 내일을 살아가는 내내 우리에게 유익한 경험이 될 것으로 보인다.

부부의 삶을 몇 마디 말로 정의하기에 우리의 결혼 생활은 턱없이 짧고 여전히 부족함 투성이다. 양가 부모님은 "쟤네가 도대체 어쩌려고 저러나" 늘 걱정 섞인 푸념을 늘어놓으신다. 하지만 나는 요즘처럼 남편과 말이 잘 통한 적이 드물다. 언제 또 남편이 일을 다시 하고 내가 가사와 육아를 전담하게 될지 모르겠다.

그래도 이것 하나는 얻어가니 다행이다. 남편은 내가 원하는 삶에 대해 계속 귀를 열어둘 사람이 맞다. 그렇다고 남편이 앞으로 사는 동안 내게 상처를 남기지 않으리라는 보장은 없다. 나 역시 모든 게 피곤하고 귀찮아지면 남편의 마음을 있는 힘껏 할퀼 때가 있을 것이다. 그래도 갈등을 제대로 풀면서 되도록 오래, 같은 방향으로 나아가고픈 사람은 여전히 남편뿐이다.

미래를 약속하는 것에는 자신이 없다. 하지만 자식보다 나와 반려자의 삶을 우선순위에 두겠다는 다짐 정도는 할 수 있다. 내 부모와 나의 관계를 돌아보며 자식은 언젠가 떠나보내야 하지만 남편은 남아 있을 사람이라는 생각을 종종 한다. '세기의 사랑' 같은 것을 믿는 사람은 아니지만, 나는 지금처럼 평생 친구가 될지도 모를 남편과 교감하며 늙고 싶다.

　끝으로 아무것도 아닌 내게 출간을 제안해준 앤의서재 대표님께 고마운 마음을 전하고 싶다. 재차 읽어도 내 글은 명료한 무언가를 제시하기보다 당혹감만이 묻어난다. 하지만 인생 위를 걷고 있는 누구라도 자신의 세계를 명확히 정의하기란 쉽지 않으리라 믿기에 부족한 글임에도 이만 마침표를 찍는다.

남편이 미워서 글을 쓰기 시작했다

초판 1쇄 발행   2020년 6월 20일
초판 2쇄 발행   2020년 10월 1일

지은이   박햇님

펴낸이   한선화
디자인   디자인여름
마케팅   김수진

펴낸곳   앤의서재
출판등록   제2018-000344호
주소   서울 마포구 월드컵북로 400 5층 21호
전화   070-8670-0900
팩스   02-6280-0895
이메일   annesstudyroom@naver.com
블로그   blog.naver.com/annesstudyroom
인스타그램   @annes.library

ISBN   979-11-90710-03-9   03810

이 도서의 국립중앙도서관 출판예정도서목록(CIP)은 서지정보유통지원시스템
홈페이지(http://seoji.nl.go.kr)와 국가자료공동목록시스템(http://nl.go.kr/kolisnet)에서
이용하실 수 있습니다. (CIP제어번호: 2020021155)